讀小說
Reading Novel

夏與冬的奏鳴曲
下卷

麻耶雄嵩
YUTAKA MAYA

瑞昇文化

IV

八月八日

0

烏有現在之所以會在創華社上班，契機始於某個秋日。

那天，烏有因為感冒的關係沒跟平常一樣去桂川散步，整天都躺在被窩裡睡覺。不可思議的是，烏有雖然身子虛，但是他很少生病，所以感冒病倒對他來說是一種很難得的體驗。或許是因為上大學以前都在苦讀的關係，到了現在反而因此過著規律的生活吧。進了大學以後又很少去上課，所以睡眠時間也十分充足。久違的感冒讓身體不太舒服，出不了門。於是烏有從早到晚都望著住處窗外單調的風景。

直到夕陽西下，覆蓋整片天空的白雲開始染成紅色時，烏有聽見有人敲門。

快遞？還是來收錢的？

「來了。」烏有剛從被窩裡應聲，桐璃的臉就從門縫出現。然後以一副警察辦案的樣子往屋裡看了一圈。

「原來如此。這裡就是烏有～哥租的房子啊。」

「桐璃。」

烏有連忙坐起來。

「妳怎麼來了？」

「真的什麼也沒有耶。」

桐璃也不回答烏有的問題，一臉被他打敗似地嘆息。

看在旁人眼中，這間坐南朝北的八疊空間套房就像是個房客搬走後的空房，殺風景又冷清。除了廚房用品和烏有現在使用的棉被、收起來立在牆邊的暖被桌、十九吋的電視以外，其他物品全都在半年前被塞進了壁櫥深處，不見天日。其實老家經常給他寄東西，但是對於除了那個青年的亡靈與烏有自己外就沒有其他人存在的世界而言，多餘的東西都是累贅。電視也只是用來看天氣預報而已。

「你感冒啦？今天你沒有來，害我有點擔心。」

從那天起，不知道為什麼，烏有幾乎每天都會在桂川的河畔見到桐璃。每天在桐璃從沙洲上找到的「好地方」天南地北地聊上一小時再回家，這樣的日子已經持續了兩個月左右。拜她所賜，烏有的散步行程比以前多了一個小時。儘管如此，這並不會構成任何問題。單純只是原本煩悶地盯著住處牆壁的時間減少了一小時而已。或許是因為這樣，烏有雖然沒有刻意養成這個習慣，但也沒想過要主動結束這樣的時光。

然而……最近確實覺得夢到那個青年的次數正逐漸減少。

「妳怎麼知道我住在這裡？」

烏有勉強撐起倦怠的身體，又問了一遍。

「因為我無所不知呀。」
桐璃臉不紅、氣不喘地撒謊。大概是以前跟蹤過他吧，但是因為感冒而變得反應遲鈍的烏有居然有一剎那相信了她的話。
「你的感冒好像很嚴重。」
桐璃在三和土①那裡擺好脫下的鞋子，連一句「打擾了」也沒說，就走到烏有的被窩旁。她雙手扠腰，嘆出一口氣。
「真拿你沒辦法。我煮稀飯給你吃吧。」
桐璃熟練地拿起廚房的鍋子，打開電子鍋的鍋蓋。
「喂，怎麼連白飯都沒有。」
「今天還沒煮飯。」
「你不打算吃東西嗎。」
真難以置信、傷腦筋啊你……桐璃以極為誇張的動作揮舞著勺子。
「真是的。要是我沒來，你不就餓死了嗎……我現在就煮飯。米放在哪裡？」
「流理台底下。」
烏有無地自容得想挖個洞把自己埋進去。他指著流理台，以愈來愈有氣無力的聲音說道。
「喂，一粒米也沒有。」桐璃在流理台下方堆得亂七八糟的收納空間裡翻了半天，抓起被渣滓染成灰白，然而一粒米也不剩的米袋。「真是夠了，你是怎麼生活的呀。一個人住都是這樣嗎？」

烏有不知道別人怎麼生活，所以也答不上來，靜默不語。

「真拿你沒辦法。我現在去買。你要活著等我回來喔。」

桐璃打開小冰箱，嘴裡嘟囔：「也沒有半顆蛋。」不只蛋，冰箱裡除了調味料和辛香料以外就空無一物了。確認過這點後，桐璃又說：

「我順便買點配菜回來。」

「不用了，太麻煩妳了。」

毫無招架之力的烏有終於有機會阻止她時，桐璃就已經走出房間了。

「烏有~哥，你說你沒去大學上課了對吧。也不打算當醫生了嗎？」

太陽下山時，桐璃邊用雪平鍋煮稀飯（因為加入了蛋和雞肉，所以很接近雜炊了）邊問他。又直又順的長髮在後腦勺紮成一束，身上穿著她自己帶來的白色圍裙。

「嗯，醫生是當不成了……」

---

①現代多泛指日本住宅中沒有鋪設地板或地磚，維持水泥結構的玄關空間脫鞋處。

自從知道無法成為那個青年後，就沒必要再立志懸壺濟世了。也提不起勁。大概是因為行醫並非他「真正想做的事」，就只是為了保持靈魂不至於分崩離析的「防衛」機制也說不定。心理學之類的領域烏有也都很生疏。

「太可惜了，好不容易考上大學的。」

桐璃並不像她的語氣那麼同情或失望。對桐璃而言，這畢竟不關自己的事。

「不過這樣也好。多虧你不去上課，我們才能每天見面。如果你想當醫生，一定每天都得去上學吧？」

「或許是吧。」

雖然只過了一年，不曉得以前一起吃喝玩樂的社團同學現在過得如何？烏有冷不防想到這點。還跟去年一樣悠悠哉哉地夜夜笙歌嗎？或是已經開始準備主修課程、乖乖地去上課呢？大概沒有人像我這樣吧。雖然沒有被大家拋棄的寂寞感，但依舊覺得很不公平，為什麼只有自己非這麼煩惱不可呢。

「那你要不要打工？有一份很有趣的工作喔。」

「打工？」

桐璃突然換上有如人力派遣公司員工的口吻，烏有不禁目瞪口呆。

「嗯，有家叫創華社的公司，地點在京都，規模不大，專門出版雜誌的。他們目前正缺採訪助理。我認識那裡的總編，對方聽我說起烏有～哥這個每天無所事事的人，覺得很有趣……你要不要去試試看？」

「打工啊……」

「一開始雖然只是工讀生，但如果順利的話，也不是沒機會直接升上來當編輯喔。」

因為都沒去上課，今年應該是當定了。運氣好一點的話是留級，不好的話可能會被退學。老家還有個弟弟，差不多也要考大學了，所以往後不可能只給烏有經濟支援。烏有用手按住因為感冒而頭昏眼花的腦袋，拚命思考。是時候該好好考慮今後的生計了。

總之得先活下去才行……死亡是對捨命救了自己的那個青年最大的侮辱。即使是鑽牛角尖的烏有也心裡有數。

「那就去試試看吧。」

考慮了半晌後，烏有得出結論。他完全不知道採訪的工作要做什麼。但如果只是助理工讀生，即使是一無是處的自己或許也能勝任吧。

「太棒了。那我就幫你們牽線囉。」

桐璃笑得很開心，見鍋裡的粥已經沸騰後，就關掉瓦斯爐火、把粥舀到碗裡，撒上海苔。

「煮好了。」

「啊，謝謝妳。」

烏有不明白自己要去打工為何會讓桐璃如此高興。不過要是能讓桐璃高興的話，或許這樣也不錯。烏有用燒得迷迷糊糊的腦袋這麼想著。

「如何？」

先嘗了一口，感覺有點焦，口味也有點鹹。但是對烏有而言，這是久違的熱騰騰而且像樣的一餐。

「很好吃喔。」

這是烏有的真心話。

1

這天，烏有在早上十點醒過來。說是醒來，不如說是被叫醒的。在連夢也沒有作半個的深層睡眠中突然被用力搖醒。不只左右搖晃，還有上下震盪，相當於一百個桐璃加起來的力道。直到微弱的餘震停歇後又過了好一會兒，他才反應過來是地震。有辦法搖醒早上一向起不來的烏有，可見是很大的地震。回過神來，不只代替棉被蓋在身上的毛毯，連烏有的一條腿都滑落到地毯上。

整晚都在監視桐璃的房間，直到早上七點才入睡。所以加起來只睡了三個小時。即便如此，身體卻很輕盈。或許是習慣了作息不規律的採訪工作，早已練就即使是短時間也能熟睡的本事。這次雖然還發著燒，但或許正如病由心生的論點，當精神稍微平靜下來後，感覺也好多了。

話雖如此，但就算十點起床也沒事可做。或許村澤會請他幫忙，跟昨天一樣繼續模仿偵探辦案，但那也要等村澤主動開口才行。他才不會主動插手。至於採訪他們就更不用提了。或許雜誌會賣得很好，但他可沒有趁火打劫的壞習慣。

只能安靜地熬過這五天了。可以的話，真希望他們能忘了自己和桐璃的存在。烏有虔誠地祈禱。儘管這是個就算將一萬圓香油錢投進賽錢箱也實現不了的願望。

這是他有生以來第一次祈求能度過安穩的一天。兩年前是背上的十字架推著烏有往前走，連安穩這兩個字都忘了該怎麼寫（對他而言，孜孜不倦地學習才是安穩的生活寫照），後來好不容易得到有如在地上匍匐前進般的安穩。但是比起安穩，更重要的是找出從安穩裡破繭而出的解決之道。因此他從未向旁人尋求這件事。

正因為是前所未有的體驗，才明白這有多難。對於從不在意人際關係的烏有而言，旁人的一舉一動都是發生在另一個世界的事，他從來沒有向外追求的念頭。因此起心動念時才發現事情沒有他想像的那麼簡單，甚至對不願意隨自己擺弄的這群人產生莫名的煩躁。

然而……這或許是個好機會。說得好聽一點，雖然只有一點點，但他總算能意識到別人，不再只是看著自己一個人的世界。要是還跟以前一樣獨自待在陰暗的房間裡，就算一個人想破頭也解決不了任何問題，也不會有任何進展。烏有感覺到坐以待斃的不耐煩與被動挨打的不甘心。他明明是想處於安穩的狀態……

——如果是那個傢伙，即使面對這種情況也能泰然處之吧。烏有想起高中時代唯一可以稱得上「朋友」的男同學。他是班上的風雲人物，只有他會直接叫烏有的名字，而不是喊姓氏。班上同學都對烏有這種所謂的典型「書呆子」敬而遠之，只有他始終心無城府地找烏有說話。當時烏有還有點不習慣他那種自來熟的態度，現在回想起來，卻成了高中時代唯一懷念的回憶。遺憾的是他在烏有準備重考的時候因為機車事故過世了，結束了過於短暫的一生。參加他的告別式時，照片中的他就只是面露微笑、看著所有出席的人。

即使已經醒來了，烏有還是躺在床上，仰望著天花板好一會兒，但實在沒事可做，只好起身把窗子打開。前方依舊是一成不變的森林，視線不知不覺瞥向白色的觀景台。從這個位置幾乎看不見被屋頂遮住的圓形舞台上的模樣，因此也看不見怵目驚心的血跡。唯有沐浴在早晨陽光下的白色砂地，以及觀景台大理石反射的光輝，光燦耀眼，閃閃動人。

昨晚，村澤夫人在殘留血跡的舞台上跳舞。仔細想想，那還真是驚心動魄的光景。他不覺得夫人失心瘋了，到底是什麼力量驅使她那麼做的呢？

……然而，最難以理解的是村澤那平靜地接受這一切的態度。烏有刻意誇張地聳聳肩，試圖斬斷一切雜念。因為他還有其他的事要傷腦筋。

＊

「烏有～哥，早安！」

不一會兒，活力快突破天際的桐璃一大早就直接攻進來。聽在剛起床還迷迷糊糊的耳朵裡實在太吵了，幾乎要引起腦震盪的高八度嗓音響徹整個房間。就連牆上的立體主義畫作似乎也露出一臉不勝其擾的表情。

「好大的地震啊。我送早餐來給你了。」

托盤上的盤子裡有四片金黃色的吐司。剛烤好的香氣撩撥著烏有的鼻腔。

她又一個人去廚房嗎……不過天都已經亮了，就原諒她吧。

烏有難得沒有罵人。因為他一直監視到破曉之前。

「好像很好吃的樣子，可是我吃不了四片。」

而且是厚片吐司，所以四片相當於一斤②了。

「兩片是我的。」

「給你。」桐璃遞出了吐司。定睛一看，上面還塗了滿滿一層草莓果醬。厚度快跟食指一樣

②根據日本麵包公平交易委員會的定義，標示麵包重量的１斤約為３４０g以上。

厚。半透明的紅色果膠裡密布著星星點點的黑色顆粒，看起來讓人非常沒有食慾。早上就吃這麼甜的東西……感覺胃都要揪成一團了。

「你不吃嗎？」

「我要吃啊。」

一方面是桐璃特地做的、另一方面是肚子確實也餓了。烏有咬下一口。果醬那帶有黏稠感的甜味充滿了整個口腔。

「好吃嗎？」

「嗯嗯。」……烏有別無選擇地點頭。

「拿去，還有咖啡。」

「……應該沒有加糖吧。」

烏有忐忑不安地問她。不只果醬，要是配合桐璃這個螞蟻人的味覺又放了三、四顆方糖，胃實在無福消受。

「烏有～哥都喝黑咖啡吧。」

「對呀，感謝。」

烏有放心地將咖啡湊到嘴邊。用咖啡沖掉沾黏在嘴巴裡面的果醬。大概是放了太多咖啡豆了，所以有點苦，但還是好過甜味。

「對了，你知道嗎？」

當然不知道。桐璃也是明知故問，所以沒等他回答就逕自接著說下去。

「結城先生和村澤先生在客廳槓起來了喔。」

「槓起來了？」

「嗯。吵架吵得非常激烈，感覺好嚇人。」

吵架啊……得知沒有打起來後，原本提起來的一顆心又放回原位。前天晚上是村澤和他妻子起口角。看來在極限狀態下實在很難避免情感上的衝突。但願不要掃到颱風尾就好了，這是烏有唯一的心願。

「要去看看嗎？」

桐璃雙眼閃閃發光地問他。像這種時候，桐璃的眼神總像是看到木天蓼的小貓，又像聚集在砂糖旁邊的螞蟻。在這種極限狀態下反而令人佩服了。

「真拿妳沒辦法啊。」

烏有決定陪桐璃去一探究竟。因為若是烏不去的話，桐璃又會一個人跑去偷看了。既然如此，還不如跟去就近監視比較好。烏有套上襯衫，把盤子放回床頭櫃，走出了房間。帶著實際上很輕鬆的心情……

2

「你來得正好。」

派翠克神父朝烏有喚道。定睛一看，神父正從背後抓住要對村澤動粗的結城。結城嘴裡不知在嚷嚷什麼，像是赤鬼一樣漲紅了臉，惡形惡狀地揮舞拳頭，有如一頭失控的蠻牛，正要衝向眼前的獵物——村澤。神父從背後架住他，拚命阻止他暴衝。但是光靠身形矮小的神父根本阻止不了結城。烏有先不管三七二十一地以橄欖球的擒抱姿勢抱住結城的腹部，阻止他繼續往前衝。

結城大吃一驚，頓時愣住，但即使加入手無縛雞之力的烏有也改變不了現狀。結城怒喝一聲：「讓開！」輕易地甩開兩人，朝呆若木雞的村澤下巴揮出一記右直拳。

「啊！」

桐璃尖叫的同時，村澤的身體已經飛向後方的牆壁。一如以前看過的棒球動畫、勁頭彷彿像是要把整面牆都打爆。伴隨著撞擊的悶響，村澤的背部和後腦勺重重在牆壁上撞了一下，直接癱倒在紅色的地毯上。

「村澤先生！」

烏有想上前探視，但是被結城狠狠地瞪了一眼，那種魄力讓他的腳步停了下來。結城的眼神很不尋常。

「小柳，你也是早就知道了嗎？」

神父沒有回答。並非是跟烏有一樣嚇得動彈不得，而是默認似地以做好覺悟的眼神靜靜地看著結城。

「只有我嗎……這二十年來……我真的是有夠蠢的。」

結城笑中帶淚地嘲笑、咒罵自己，俯視著垂頭喪氣的村澤。然後像是被什麼附身似的，踹向動也不動的村澤。兩腳、三腳……烏有只能束手無策地聽著村澤一再地呻吟。

「只有我啊……」

結城嘴裡喃喃自語，繼續猛踹村澤。彷彿要致村澤於死地，每一腳都狠狠地朝著腹部踢下去。

村澤已經完全失去了意識。

烏有被眼前的情況嚇壞了。

「住手，快住手！」

村澤夫人尖叫著衝過來，直接將身體擋在村澤的身上。

「閃開！」

夫人護著村澤，淚眼朦朧地抬頭仰望結城。

「住手，孟先生。求求你，停手吧。拜託。」

「……」

結城氣得雙肩發抖，怒不可遏地低頭看著躺在地上、像是已經死去般的村澤，然後拋下一句「混帳！」就離開了客廳。

……到底出了什麼事。

暴風雨過去後，烏有終於六神歸位。可是當他冷靜下來後，反而完全無法理解眼前的狀況。支配現場的氣氛與今天以前完全不一樣。

「究竟是怎麼回事啊？」

他問神父，但神父只是搖頭。等於是示意他別再問了。不僅沒有說明還提出了請求。

「請你去拿水和毛巾過來。」

「可是……」

「先處理傷者吧。」

那是不容質疑的口吻。

「我去拿。」

桐璃比烏有先採取行動，到廚房找水和毛巾去了。烏有無可奈何地跟上去。他們找到後馬上回來，神父和村澤夫人已經把人移到了沙發上。村澤貌似也清醒了。夫人憂心忡忡地用手帕擦拭村澤破裂的嘴唇。下巴處也有瘀青，但是看來應該沒有傷到骨頭。其他的傷勢也由曾經是醫學院學生的神父好好檢查過了，貌似沒什麼大礙。

「謝謝。」

夫人接過濕毛巾，代替手帕貼在丈夫的下巴。

「沒事吧？老公。」

「沒事……讓你們見笑了。」

村澤在夫人的看護下低語。聲音十分微弱，全然不見平常的滿滿自信。或許是下巴和腹肌還沒從麻痺的情況下恢復過來，發音也斷斷續續的，聽不清楚。相對於此，精神方面可能受到了更大的打擊。

「……真是丟人現眼。」

「老公，你先別說話……」

「尚美，對不起……是我的錯。結城沒錯，是我不好。」

「別說了。」

夫人溫柔地朝他微笑，用毛巾輕撫他的嘴角。

「別說了……」

發現神父默默離席，烏有也跟上，同時扯著桐璃的袖子，把她拉到大廳。並不是基於要把地方留給小倆口這麼知情識趣的心理，而是身為局外人，實在不想待在那種腥風血雨的場所。

「到底怎麼了？結城先生說你早就知道了。」

退到走廊上，烏有再問了一遍，可是神父依舊沒有回答。彷彿沒聽見他的問題，一臉凝重地望著客廳的方向。饒是桐璃，看到眼前的狀況似乎也不敢死纏爛打了，突然變得很怕生的樣子，默默地躲在烏有背後。

「別放在心上。我早就料到會有避不了的一天了。」

過了好一會兒，神父以極度清醒的語氣說道。

「你也不要知道比較好……因為不知道說不定還比較幸福。」

當然，這是他們的紛爭，與烏有無關。但親眼目睹那麼暴力的場面，要求一句說明、一個解釋應該不過分吧。天曉得那種暴力行徑什麼時候會朝著自己來。

「……我只想知道一件事。剛才的衝突與這次的事件有關嗎？」

萬萬沒想到，神父的目光澄澈得驚人。就像白神山地上沒有受到任何污染的冬天湖泊。接下來不管他說什麼，烏有都相信他沒有騙人。萬一他說謊的話……那也表示烏有打從一開始就不是他的對手。

「這個嘛……不能說完全無關，但我個人認為沒有關係。」

這句話沒有一絲猶豫與遲疑。只是他難得以「我個人」作為主詞，這又意味著什麼呢……烏有想問，但神父已經靜靜地走開了。

烏有只能與一同留在原地的桐璃大眼瞪小眼。

＊

或許是已經養成這個無謂的習慣了，烏有抱著難以釋懷的心情來到屋頂上散心。結果已經有人先上了屋頂。他把手放在東側的扶手上，專注地望向大海。因為只看到背影，無法確定他是不是真的在看海，但是恆久不動的身影就跟石像沒兩樣。

「結城先生。」

過了一、兩分鐘，烏有出聲喊他。

「是你啊……」

結城回過頭來，臉上是有氣無力的笑容。原本慷慨激昂的情緒似乎已平復不少，變回之前在客廳示人的安穩表情。

「剛才真不好意思啊。讓你見笑了。」

「沒事。」

烏有不知該如何反應，模稜兩可地回答。雖然出聲叫他，卻沒想好接下來要說什麼。但也不能因為這樣就摸摸鼻子走人。烏有和結城拉開一公尺的距離，跟他一樣抓著扶手看海。也許是因為時間是上午，大海的模樣與昨天截然不同。水面的漫反射、從水平線翻湧而來的潮流也露出與昨天大相逕庭的表情。

「結城先生也來看海啊。」

「待在這裡就感覺冷靜了不少。」

一點也不像截至昨天的結城，這句話顯得軟弱無力。看樣子剛才的衝突應該另有隱情。

「你大概認為我是很愛吵架的傢伙吧。」

「沒這回事。」

「其實也沒錯。只是年過四十，再生氣也氣不了多久……如果是以前的話，可能會鬧得更不可開交吧……」

或許是再也無法壓抑情緒，結城的雙手用力地抓住頭髮，就這麼抱著頭不放。那個瞬間，烏有還以為他哭了。

「你有喜歡過什麼人嗎？」

這個問題來得很唐突，烏有一時無法理解他想問什麼。

「我是指女人啦。」

結城抬起頭來，注視烏有。紅腫的雙眼十分真摯。

「有……過。」

「是那個女孩嗎？」

「不，不是她。」

居然老實回答，就連自己也嚇了一跳。換作平常被問到這種問題，一定會顧左右而言他吧。至少絕對不會說出真心話。

「……當時你是什麼心情。」

「心情啊……我也說不清楚，肯定是……不，我已經忘記了。」

「原來如此……」見烏有到最後支吾其詞，結城輕輕地閉上雙眼。「……這樣啊……不過，你跟村澤那種傢伙不一樣。」

在海風的吹拂下，幾乎聽不見他在說什麼。

「有過……啊。所以現在沒有嗎？」

「……」

結城微微一笑。並不是玩世不恭的冷笑，而是有心有戚戚焉的笑容。自己是什麼時候忘記交往不到一年的女朋友——紫乃伶子——呢……起初應該是期待能揮別過去往前看。（連自己也相信）鍥而不捨的努力與付出的代價將得到片刻喜悅、安穩、緊張感、以及不安。經歷各式各樣的情緒，烏有相信自己可以做回烏有，而不再是那個青年。與伶子並肩坐在鴨川旁，還一起去了電影院、琵琶湖、動物園、枚方公園、海遊館、祇園祭、平等院、天橋立、高島屋、飯店，還一起打過保齡球、看過夜景，更重要的是他們彼此相見了。然而……當對方提出分手時，烏有又告訴自己，這是自己受到詛咒的宿命。自己根本沒有資格享受片刻的幸福。不過他又是在什麼時候，連這段過往都忘記了呢。

烏有錯愕地面對這個事實。就像是沒有發現戰爭已經結束了，還一個人躲在山裡、擔心敵軍會發動攻擊……但問題在於忘記。烏有試圖解釋他並不是忘了，而是想忘記的意志力勝過一切。

「怎麼了？」

「沒什麼。」不能讓對方發現自己內心的動搖……烏有勉強在臉上堆出笑容。

「我大概已經算是上個時代的人了。看在你們新新人類眼中，心裡一直惦記著某個人這種事肯定很落伍吧。」

「才沒有這回事呢。」

「可是啊，我真的很愛她……直到現在依然如此。不是和音，是尚美。」

他們之間到底發生過什麼恩怨……烏有試圖將一年前險些將自己五花大綁的思緒套到結城身上。

從他對小自己二十歲的小伙子說出塵封過往的態度，就可以感受到這件事非比尋常。那不只是圍繞著一個女人爭得死去活來那麼簡單。

「我還以為是那個女人做的選擇……」

「我懂你的心情。」

陷入前所未有的感傷。或許是源自於得知自己「已經忘記了」的事實所帶來的衝擊。被囚禁在好像是別人的事、但又不是別人的事這種不安定的情緒裡。感覺無法像以前一樣置身事外。

「真的嗎？」結城以疑神疑鬼的眼神瞪回來。「沒關係啦，你可以不必附和我。」

「我沒有這個意思。因為我自己也有類似的經驗。有個無論過了多久，都無法忘記的人……」

即使流逝的歲月讓伶子風化得了無痕跡，也絲毫無法抹滅那個青年的影子。唯有烏有在十年前殺死的那個青年，他的身影永遠都不會隨時光消逝。

這是為什麼呢……烏有好想知道答案。與結城的情況完全不一樣，但也不能否認確實有些共通的部分。烏有的場合不是能感傷地娓娓道來的那種情況，毋寧說就連自己的人格都受到侵蝕……他突然想到，假如那個青年是女性的話呢？過去從未想過「男性」以外的情況，這是第一次從不同的角度來模擬過去。倘若性別不同，共振的頻率應該也會不一樣。再怎麼想複製對方的人生，大概也會出現很多複製不了的部分。這麼一來，是不是就能免於陷入一輩子都在複製別人的囹圄呢？

「所以我真的能理解……」

烏有以像是將伶子與那個青年兩者的意識揉合，等到歸於基本粒子的層級、再加以融合的誠摯語氣說道。

「那好吧。」

結城望著無邊無際的水平線，彷彿在心中反覆咀嚼這句話。

「你現在也還愛著她嗎？」

「對呀。愛得要死呢……很好笑吧，都這把年紀了。」

「沒這回事。」

烏有死命搖頭。聽桐璃轉述時，他確實覺得很可笑。都一把年紀了……但現在不一樣。

「……我想，肯定是一樣的。」

這句話似乎令結城放下戒心，他微微頷首。

「一起來嗎……」

結城放開扶手，稍微轉動肩膀，接著走向樓梯。似是在邀請烏有同行。去哪裡……烏有沒問這個問題。只是靜靜地跟在他身後。

*

「這裡是？」

烏有被帶到三樓中央附近的房間。這間坐南朝北的房間，門板上沒有門牌，而且沒鎖，結城轉動門把，不發一語地開門進去。房裡恰如其分地配置著白緞沙發與流線形玻璃桌、掛有帳縵的床、新藝術運動風格的花瓶和圓柱立燈、橡木桌等等。窗戶那邊掛著與烏有房間一樣的蕾絲窗簾。

回過頭去，門口的牆上掛著立體主義的畫。大概是和音畫的作品之一吧。四幅作品裡面以這幅畫的細部裁切最細緻，已經看不出對象物的原形了。配色也很樸素，只有黑色跟灰色，幾乎只用明暗來區隔。像是對跑在太前面的印象派進行反諷。不需要光線，只由雙方的相互關係構成觀念性方法論的落點……

那幅畫中央大概往上三分之一的位置有兩條紅線。紅線在灰色的世界裡顯得格外異常，極為突兀、熱烈如火，帶來的震撼遠比作為技法的立體主義更強烈。

「這是《摘下面具的女人》。」

結城往沙發上一坐，然後說道。

「面具……是嗎。」

意識到這點的同時再去觀察的話，確實也不是不能隱約看出一些輪廓。裁斷空間、擁有關聯性的線條與背景交融，但也同時具有從背景的黑暗破空而出的立體感。藉由跟從不同於立體主義的觀點所看見的碎片互相衝撞，勾勒出其存在和立體感。然而，相當於兩者之間的界線，除了是瞬間視野的界線，也是基於統合者的意圖，巧妙地將色彩……變成裁斷明暗的主角臨界線。裁斷的碎片不只是單純的陰影，同時也作為在腦海中想像、組建而成的「陰影」，活在各自的固有時間中。這大概是她描繪的最後一幅作品吧。這幅畫以明確且熟練的手法表現出以上的技巧。

這幅畫是面向側面的上半身剪影。纖細嬌嫩的肩膀、描繪出平滑曲線並往上延展的頸子連接到頭部。側臉與嘴角有個像碗一樣的東西——大概是面具吧——一隻手伸出來拿著那個面具。兩條紅線從臉的中央出發，朝下的時候變成斜線，直達畫布下方。大概是面具的繩子吧。還是畫中人的血淚呢？

「這裡是？」

烏有再次問道。

「和音的房間。」

「和音的房間……不是在四樓嗎？」

烏有仰望純白的天花板。和音的房間應該在這上面。

「那也是和音的房間，不過那裡是『聖域』。和音身為偶像的象徵、自我認同就在那個房間裡。相對的，這個地方則是絕對不想讓我們看見、她身為一個人的私密空間。」

烏有原本還擔心他得知自己知道和音的房間就藏在肖像畫後方會心生疑慮，不過結城似乎沒意識到什麼不妥。但即使發現了，現在的他或許也已經顧不上那麼多了吧。

「和音作為一般人的生活，就是在這裡度過的。」

結城凝視掛在牆上的畫，靜靜地說明。在他們面前戴上面具的和音是否會在這裡做回本來的自己呢？

然而環顧這個房間，除了畫以外，幾乎沒有任何能讓人感受到和音存在的物品。說是殺風景也不為過，起初甚至還以為只是為數眾多的客房之一。武藤的房間就算二十年過去了，也還留有少許生活過的痕跡。但這裡什麼也沒有。沒有和音用來作畫的油畫顏料、也沒有和音自己的衣服和飾品。就像個前房客搬走後的房間，收拾得乾乾淨淨。

「這裡沒有被封閉起來嗎？」

「沒必要吧。對水鏡而言。」

水鏡……結城直呼他的名諱。

「身為偶像的和音才是那傢伙的命題。不如說他應該是極力想要把這個房間給消除吧。」

烏有走到窗邊，向外遠眺。這裡可以看見圓形舞台的正面。和音跳舞、落海……還有昨晚尚美也在那裡翩然起舞的圓形舞台。連起和音的三條線。圓形舞台……這個房間……以及正上方的和音聖域。形成了不端正的鈍角三角形。這是作為立體主義基本形的三角形碎片。人類的視野無法將扇形的兩端拉開成圓弧。

不過，烏有總覺得好像少了點什麼。三角形原本應該在幾何與力學方面都屬於構造最穩定的形狀，但這個鈍角三角形的形狀實在太不安定了。感覺只要稍微失去平衡，就會因此瓦解。

結城為何要帶他來這裡？他們不是在討論村澤夫人嗎？烏有不敢奢望結城會告訴他詳細的前因後果，但是主題偏掉了還是令人惱怒。雖然應該也不是因為讀出了烏有的不滿，不過沉默了半晌後，結城開始說起尚美的種種。

「……尚美是個很溫柔的女人喔。從以前就是……尚美七歲時父母雙亡……但是從我認識她的那一刻開始，就不曾在她的身上看到一絲黑暗面。她們兄妹由刻薄的叔叔收養，想必吃了很多苦。尤其是對當時還很年幼的尚美而言……但是她從未吐過一句苦水。」

「這樣啊。」

鳥有找不到適當的話來回應像是在傾訴的結城。

「為了對所有瞧不起自己的人還以顏色，武藤擁有很危險的野心……就是所謂的無名怨憤吧。而且尚美每次都被牽扯進來……被武藤當成自己的道具……」

像是沒辦法再說下去了，結城低垂著頭。只聽見他悶在喉嚨裡的聲音。

「……放眼望去都是人、人、人，還有只交流、不交心的社會生活。我上面有個優秀的哥哥，下面的弟弟是繼母親生的，繼母只疼愛他們兩個。當我厭倦這樣的生活時，和音出現在我的面前。因此我自願加入這樣的生活。以為和音能治癒我……但，我想追尋的其實並不是和音，而是尚美。治癒我的人是尚美、藉由她的溫柔。可惜當我意識到這一點的時候已經太遲了……尚美已經是別人的了。是村澤那傢伙的。我還以為尚美也對我有好感。不是我自作多情……呃，或許是我自作多情也說不定。」

結城說到這裡便陷入沉默。大概是在心裡反芻自己說的話吧。結城的身體黝黑而且結實，如今看來卻像個洩了氣的皮球。過了好一會兒，結城把臉抬了起來。

「當時我還是和音的信徒……問題就出在這裡。我為此整整後悔了二十年。好幾次我都想忘了尚美。遇見前妻時，以為這麼一來就能忘掉尚美……不過，還是不行。就連我抱著妻子的時候，腦海中也會浮現尚美的臉。沒有一次例外……然後現在又在另一個層面被後悔給襲擊了。真是太可悲了。」

烏有幾乎就要輕蔑起歪著嘴角、神色淒楚地自嘲的結城。認為他只是自我陶醉在感傷裡，不可自拔地耽溺於後悔之中。說穿了還不是把和音與尚美放在天秤的兩端來衡量。烏有的不幸是一下子就將他擊倒，根本不給他選擇的餘裕。連感到後悔的餘地都沒有。

如果是過去的自己，或許會立刻切斷感情的開關，對結城嗤之以鼻。但如今看到結城可憐復可悲的身影，既不感到同情，也沒有輕蔑與厭惡。烏有無法判斷是自己改變了，還是世界改變了。

「……如月老弟。」

結城起身，從抽屜裡拿出一本書。那是一本薄薄的四六版③精裝書，厚度不到兩百頁。封面只有兩個顏色，上面三分之一是紅色，下面三分之二是黑色。看起來是很舊的東西。設計已然褪色，書口也泛黃了。

「這給你看。」

③書籍尺寸。約為188㎜×133㎜。

結城將書遞給烏有。

「這是？」

封面寫著「《立體派的奧祕》（庫爾特・亨利希）」。看起來好像是立體主義的入門書籍。

「你看了就知道。」

結城露出扭曲的笑容。烏有無從判別這抹笑容底下蘊藏著哪些情緒。

「你也別再後悔了。意識到的時候，一切都已經太遲了。一切都……」

結城丟下這句話後，便踩著虛浮的腳步走出房間。背後散發出濃得化不開的妖氣、抑或是哀戚的顛狂氣息。

3

眼前是盛開的向日葵花海，再前面是捲起千層浪的日本海。還以為異常的寒流會讓向日葵盡數枯萎，然而卻不見一絲陰霾。它們筆直地朝著阿波羅那掛在天上、光輝燦爛的日輪張開黃色的碩大花朵。沒有人把和音的墓碑埋回去，至今仍處於被翻開的狀態。融化的雪淤積在洞穴底部，儼然泥濘的沼澤。不過也因為夏日的豔陽而逐漸從周圍開始慢慢乾涸、縮小版圖。昨天還殘留著用鑷子挖出銳角的痕跡，在海風的吹拂下，如今已然風化、變得圓潤。但是從積雪上仍能看見清楚的爪痕，大概一如那幅肖像畫上被割裂的缺口，至今仍活生生地留存在他們的記憶之中。

「是你告訴結城先生的吧？神父。」

烏有對著站在太靠近可能就會摔下去的土坑邊緣、靜靜地看著洞穴底部的派翠克神父問道。

「我嗎？」

神父一臉意外地抬起頭來。眼神活像是釋迦牟尼佛看著背叛自己、痛罵自己的提婆達多④時那般平靜無波。看在神父眼中，烏有大概也正以宛若提婆達多的眼神看著自己吧。

「倘若結城先生知道什麼祕密的話，只有可能是神父……」

「如月先生，你知道那個『祕密』是什麼嗎？」

「不，我什麼也不知道。」

「結城先生應該要知道。而且是二十年前就應該讓他知道。當時我認為瞞著他比較好。然而……」

神父離開洞口，轉過身體，視線慢條斯理地轉往向日葵、再移向大海。

「因為當時沒說，結果才會變成這樣。」

④釋迦牟尼的弟子，也是佛俗家的堂弟。出家後，起初表現優異，但理念與價值觀與佛分歧，後來開始嫉妒釋迦牟尼，與佛對立並屢次加害，最後墜入無間地獄。

「是因為不忍心看結城先生一直被矇在鼓裡嗎？」

「不是的，不是那麼簡單的同情。不過偏偏是在這樣的非常時期……」

就結果而言，神父又埋下新的紛爭種子。再繼續混亂下去、分散注意力的話，烏有那貧弱的腦細胞就要爆炸了。就連現在，他也不曉得究竟發生了什麼、什麼又正在發生……神父是否算準了這一點才告訴結城的呢？烏有以充滿猜忌的眼神，凝視著一派輕鬆地眺望著向日葵的派翠克神父。或許是察覺到他的視線，神父帶著笑容轉過身來。

「所以呢，你是不是在結城先生身上找到與自己相近的地方了。」

烏有不禁一時語塞。顯然是被戳中痛點，狼狽地東張西望了好半晌，最後老實回答：「是的。」

「既然如此，你應該能明白吧。該不該讓他知道……假如你是結城先生，不知道會比較幸福嗎？」

神父語重心長地問他，可是烏有答不上來。他不知道結城他們的「祕密」是什麼，但多多少少能猜到一點。假如自己是結城的話……

「該不會，這件事跟水鏡先生遇害有關嗎？」

「我們離開這座島的時候，一切都會水落石出吧。就跟告訴結城先生時一樣，我也會告訴你……」

神父這句話充滿了講反話的深意。感覺這句「離開這座島的時候」好像隱含著他們永遠都無法辦到的意思。而且不是惶惶不安、戰戰兢兢，也不是反過來大徹大悟的豁達，而是打從心底希望得到這個結果。

——這個神父到底在想什麼呢?他這種彷彿對一切瞭若指掌的言詞比任何人的喪氣話或預言都更令烏有感到不安。

神父語重心長地伸出手。

「你什麼都不知道比較好……沒錯，就像帕西法爾那樣。」

「帕西法爾……嗎。」

帕西法爾——在華格納的歌劇作品《帕西法爾》登場的英雄之名，這位騎士的名字意指「不知汙穢的愚者」。他的天真無邪與懵懂無知反而幫助他奪回被惡魔搶走的聖槍。他不受昆德莉的誘惑、破解了克林索爾的攻擊，完成了自己的使命。

烏有雖然不是騎士那種帥氣的身分，但至少希望自己能具備為了榮譽，勇於披上盔甲跨上馬背仗劍迎戰、不畏死亡的志氣。

「可是不管是汙還是穢，我都已經認識到了。」

「不。」神父安慰他。

「你還一無所知。如果你知道了，你應該會忠實地面對自己吧。」

他是指那個青年的事嗎？被烏有殺死的那個青年。因為訝異被人看穿，感覺就要向後退兩、三步，但雙腿卻不聽使喚。比起被結城瞪著、動彈不得的時候還受到更強大的力量壓制……

就連桐璃都不知道烏有背負的十字架。為何這個神父——派翠克神父能以有如全知全能的神之眼看著烏有呢？彷彿在享受、又似是悲憫烏有的反應。

「嚇了一跳嗎？沒什麼好不可思議的。我只是從你言行舉止的邊邊角角看到你心裡那些不屬於你的東西罷了。」

那個青年住在烏有的心裡。不，應該說烏有是那個青年的複製品。烏有被自己不可能變成那個青年的現實給打倒後，青年的魂魄從此停駐在自己的內心。因此就算有人看得出來也不足為奇。只不過，在此之前誰也沒戳穿的事情被人指了出來，他不由得對神父的觀察力與洞察力大吃一驚。

「你也有想保護的東西吧？好比聖槍與聖杯對帕西法爾的意義。」

他是指桐璃嗎？在這種情況下，如果要說烏有自己有什麼非保護不可的存在，無疑就是桐璃了。但是「聖槍」或「聖杯」這種比喻……說不定神父依舊在桐璃身上看到了和音的影子。將身為「神」的和音與基督教義屬性的聖槍、聖杯等量齊觀。

「你是要我在什麼都不知道的情況下只專注於保護嗎？」

神父緩緩地點頭。

「智慧有時候會折損純粹……甚至會破壞純粹。我們已經在人間地獄彷徨，不想再拖你下水。因為你心中、眼中的舞奈小姐並不是我們心中、眼中的和音。」

「可是……什麼都不知道的話，就不知道該怎麼保護她呀。」

「為了保護就需要知識。現在的你已經充分知道危險出在哪裡了，不是嗎。」

「……知道一點點。可是神父，你的話聽起來就好像有人要傷害桐璃，不對，是傷害和音。也包含你在內。」

神父既不承認也不否認，露出一抹不可一世的微笑。

「我只是希望和音復活。問題在於……復活的方法。」

被釘上十字架後，又在抹大拉的瑪麗亞及使徒面前復活的耶穌，眼前這位祂的下僕這麼說道。神父摘下長在斜面上的花，靜靜地投入和音的墓穴。

「和音並沒有復活嗎？」

烏有以視線追逐著緩緩飄落在冰冷洞底泥土的白色花瓣，低聲問道。不知是誰挖的，但這個洞莫非是復活的象徵？

「我也不知道。不知道這是否意味著和音的復活，還是意味著希望和音復活的願望。」

「難不成要把桐璃埋在這裡……」

「這倒不是。舞奈小姐並不是和音。」

烏有已經不相信神父說的話了。因為他很清楚神父只能代表自己回答烏有的問題。

「那麼，為什麼要這麼做……難不成《啟示錄》提到了和音的復活？」

耶穌復活是發生在過去的事，被記載於馬太及路加等福音書裡。但寫於復活的部分之後、說是悲慘的結局也不為過的「最後的審判」，其出處不是福音書，而是約翰的啟示錄。再加上武藤也留下了名為《啟示錄》的作品。這只是偶然的巧合嗎……就算是巧合，後人也可以偷換概念。而且武藤當時真的死了嗎？

「為什麼會提到《啟示錄》？」

神父似乎頗為驚訝（至少看在烏有眼中是如此），眉毛也震了一下。

「我也不知道。只是突然想到而已。」

「《啟示錄》啊……但《啟示錄》這句話本來的意思並不是末世論喔，而是指公開『主』與我們建立的契約與啟示。換句話說，武藤只是寫下他從和音身上得到的啟示吧。」

他說的或許沒錯，但這也只是神父當下個人的意見。倘若武藤使用《啟示錄》這個字眼是基於啟示錄為一般普羅大眾認知的意思，那麼確實可以用來暗示和音的復活與他們的下場。至今仍有操控他們的力量。

「《啟示錄》現在在哪裡呢？」

烏有鍥而不捨地追問。

「《啟示錄》的話，應該在武藤的房間裡吧。」

「沒有，不在他房裡。」

「那可能是被誰拿走了。」

神父雲淡風輕地說出可怕的憶測。明明他信仰的聖經啟示錄看在有心人眼中可能會產生「末世論」的思想。更可怕的是，啟示錄本身就是一種**啟示**。不僅有解釋的餘地，甚至有誤導讀者的可能性。

「差不多該回去了。」神父算準時間說道。「不用擔心結城先生。他跟二十年前血氣方剛的時候已經不一樣了。」

但願如此……可是看到他剛才喪失理智的模樣，實在不覺得他已經是個明白事理的大人了。如同二十年來矢志不渝地深愛著尚美，他的本性或許還是跟二十年前一模一樣。烏有痛恨心志隨著經驗累積被馴服、磨平了稜角，但是從另一層意義來說，他也無法相信大人。無論表面再怎麼粉飾太平、表現得再怎麼成熟穩重，一旦被逼急了，狗急跳牆時大概也比自己好不到哪裡去吧……

神父轉身，開始步下通往大宅的小徑。

回過頭去，一陣風吹過、將剛才投進墓穴的花吹向了大海。

4

烏有翻開結城給他的書。不明白他是基於什麼理由才給自己這本書，但神父出的謎團與這棟房子的構造、和音描繪的四幅畫都跟立體主義有關，所以可能多多少少與這次的事件存在某種關聯性吧。反正頁數不多，不用太多時間就能看完。於是他開始翻起這本《立體派的奧祕》。

庫爾特・亨利希……一九〇二～一九六九年，出生於德國。美術評論家。作者簡介寫著他於一九三八年離德赴美。本書寫於他移居美國後的一九五七年，距今約三十多年前。一九七〇年推出日文譯本，由專門出版美術相關書籍的美准堂發行。從出版日期來看，大概是為了追悼作者而推出的吧。裡面有一段乍看之下還算淺顯易懂的文章。

開宗明義，一開始先從立體主義的成立開始說起。立體主義起源自一九〇七年由巴勃羅・畢卡索描繪的未完成大作《亞維儂的少女》，就連起初對這幅畫不以為然的喬治・布拉克也逐漸對他的手法萌生興趣。沒多久，兩人便聯手完成立體主義的技法與理念。他們在立體主義的草創初期也曾共同創作過，但兩人的資質畢竟不一樣，相較於畢卡索以直觀的手法畫出《亞維儂的少女》、讓立體主義的理念受到矚目，布拉克則是從解析的角度分析那幅畫帶來的效果與必然性，試圖從中建立一套理念或技法。因此在立體主義的成熟期，相較於畢卡索強烈又張揚的作畫風格，布拉克的作品則給人樸素而腳踏實地的印象。後來當立體主義開始喪失前衛性時，畢卡索也開始依據自己的靈感描繪超現實主義的作品，而布拉克則終其一生捍衛著立體主義的堡壘，不斷地精進自己創造出來的技法。如果將兩人加以分類，畢卡索應該是天才，布拉克則是職人。

立體主義還有一位知名的畫家，那就是胡安·格里斯，一般人對此人的評價是他的畫最接近立體主義的理念。但另一方面也免不了給人宛如教科書般的刻板印象，其作品基本上都屬於偏僵硬的表現手法——光看書裡的彩色圖版，烏有也同意大家對他的印象。只是在立體主義的運動中，這種教條式的作風也成為追隨者的良好規範，完成相當於宣傳大使的任務。立體主義之所以能掀起一波風潮，胡安可謂功不可沒。

在一般人的認知裡，立體主義是在「獨立沙龍⑤」有如彗星般突然出現在大眾面前的一九一一年揭開序幕，於一九一〇年代前半進入極盛期，直到地位完全被二〇年代後半興起的超現實主義奪走，立體主義運動自此下台一鞠躬。

另外，立體主義還能大致區分成兩個時代，分別是初期的「分析立體主義」與後期的「綜合立體主義」。就如神父所說，分析立體主義是利用複合式的視角從三次元過渡到二次元，解析、拼湊、重組對象物形體的手法。相較之下，綜合立體主義則使用一種名為「papiers collés⑥」（拼貼畫的一種）的手法，將實際存在的物體、剪報、壁紙、乃至於椅子的一部分或明確、或低調地

⑤由一八八四年成立的獨立藝術家協會在法國巴黎舉辦的無審查、可自由展出的美術展。許多日後的知名藝術家都有參與的經驗。

⑥在法文中的意思是「貼上去的紙」。是一種立體主義的繪畫技巧。藉由在畫布上黏貼或釘上報紙、壁紙、樂譜等物的片段或照片，為畫面帶來變化與現實感。之後發展成拼貼畫。

呈現於畫布上。

以上這些推移在這本書裡是這麼寫的。

——由此可見，從多方面的視角剖析對象物，再依照創作者的想法重新組合的手法是一般人對立體主義的理解。藉由所謂「立體主義的還原」將物體的外形細細拆解，描繪於二次元的平面。然而，立體主義的畫之所以不像幾何圖形那麼僵化，無非是因為創作者試圖憑藉自己的感性描繪出對象物的內在——不光是肉眼看得到的部分，也要畫出肉眼看不到的印象。由於對象物皆有其本質形態——特別是人物還會擁有精神這個內核——所以要如何大膽揭露對象物的內面，就完全得看畫家在藝術上的造詣了。唯有經過畢卡索或布拉克等天才的巧手，外形與精神的融合才得以孕育出能經得起被當成藝術鑑賞這般考驗的「立體主義畫作」。

立體主義與同樣試圖捕捉本質的馬列維奇[7]等人的抽象畫不同的地方，就在於描繪物體「本質」的同時也會描繪出「形相」。

這麼說來，立體主義其實是種想表現出一切的貪婪手法。就像伊曼努爾・康德[8]的物自身概念，不只現象，也要同時描繪出從現實層面看到的真實以及物體本身的「真實」。

從這個角度來說，立體主義的畫家們視剪貼為有效的手段可以說是非常順理成章的結果。為了追求立體主義畫作的可能性，徹底推進真實性，必須藉由將表面的虛象當成現實，顯示該對象物所擁有的真實性無論與哪個次元都能有所對應才行。為此，立體主義的畫家們創造出新的手法。銘印、並加入現實中真實的物體——

＊

最後一章〈立體主義隱含的意圖及其變遷〉的尾聲部分夾著一張黃色的書籤。是結城放的嗎？從已經泛黃褪色這點看來，大概是二十年前的東西。結城或許從這本書的這一段得到了某種提示。他是想讓烏有也閱讀這個段落嗎？烏有打起精神繼續往下看。

——也就是說，在立體主義繪畫的世界裡，我們可以只看到對象本身。我們在認識立體主義繪畫的時候，背景會與時間軸一起不斷地往上推升、堆積、重疊、填滿空間，所以很容易以為一切都具有同等的重量。但事實上，唯有成為核心的對象，才能經由某種具有支配力的擾動變得與眾不同。

只有一個重點——或者說是物體——能成為核心，以該核心為中心，受到核心的支配、往周

⑦卡濟米爾．馬列維奇（Kazimir Malevich）。蘇聯時期的抽象畫畫家。至上主義的創始者。

⑧Immanuel Kant。德國哲學家，將客體分成物自身及現象兩部分，認為純粹的理性只能把握現象事物，無法抵達物自身。

圍展開。意思就是，除了核心以外，其餘的一切都是平等的，只有核心因為是作為繪畫的中心，得以確保其絕對性。

我們用圓規畫圓的時候，會以圓規的針為中心，旋轉另一邊的筆尖。無論從哪裡開始畫圓，最後都會回到開始的那一點，因此圓周上的每個點都是平等的。再者，所有的圓周皆由圓規開展的角度、也就是半徑的長度來表現差異。無論是圓周還是圓周上的點都是平等的，唯有圓的中心作為規定這一切的本質——作為核心——具有絕對性。就只有這個中心不受任何規範的束縛。

立體主義透過科學賦予其周圍的環境均等的相對價值，另一方面，也可以透過絕對物與相對物的二元對立使得對象物從周圍（整幅畫）浮現、作為某種物體表現出來。

以傳統的遠近法而言，毋寧說一切都是平等的。何為對象物，取決於欣賞繪畫的人抱持的主觀認定——當然，即使是只有一個人物的肖像畫，認為人物肖像是繪畫主題也不過就是種根據我們的經驗所產生的認知作用——另外，阿爾欽博托⑨的四季畫、老婦人與美女的畫、或者是魯賓之壺那種錯視畫，都是以混淆觀者的主觀意識，從對價值觀的叩問中找出玩心。相對於此，立體主義繪畫只要明確地回溯其遠景，就一定能找到作者描繪的主題。這麼一來，自然要知道回溯的方法才行。就如同數學的證明，基本上都具備由基本定理構成科學面的共通法則。

上述的定理是由相信對象物的絕對性來支撐，另一方面，從作品中也能隱約看出現代人對很多事都無法確定的虛無感。在只能渴望確信的世界裡，了解「虛無」為何物的人即使無意中得知，也必須隱瞞這點。

被立體主義的還原所遮蔽的世界，呈現出從白色畫布上驅逐虛無空間的意圖，用來描繪對象物的外形及擾動只不過是作者的投影，除此之外什麼也不是。立體主義的作品中潰散的外形並非還原，只不過是漫反射出創作者內在渴望精神的一面鏡子。因此必須徹底分解對象物，為了找出意義，就鈍化對象物、捨棄畫法上不需要的部分這層意義而言，需要極度的純粹。

從某個角度來說，這也必須從現實的物化世界排除畫中描繪的對象物，再從「無」到有，這點實在諷刺。

立體主義者揭露的目標是要讓二十世紀精神形塑的對象絕對化，但這個目標非但沒有完成，還在意想不到的地方露出破綻。

隨著「立體主義的還原」不斷地往上推升、不斷地往周圍延伸後重新組建起來，隱藏在背後的空間是行到水窮處所展現的最後一點。那是全部指向一點、被逼到絕境的空間。當畫家想盡辦法要將虛無的空白逐出畫布、想盡辦法要抹去這樣的區塊，這個空間在畫中反而顯得益發突出、益發顯眼。如同將長方形的面積一分為二，將其中的二分之一分成兩半、再繼續一分為二……如此週而復始，無論分得再細，長方形也絕不會消失那樣，再怎麼細分，也絕對描繪不出近乎無垠

⑨朱塞佩．阿爾欽博托（Giuseppe Arcimboldo）。義大利文藝復興時期的著名肖像畫家。擅長以蔬菜、水果、穀物、動植物、書本等素材重新拼貼、建構出人物的肖像畫。這裡提到的《四季》以及另一組《四大元素》是他以上述手法描繪、獻給神聖羅馬帝國皇帝馬克西米利安二世的連作作品。

的空間——因為光速及認知能力有限——最後只會形成虛無的空間。

這個空間才是與成為核心的絕對空間相對立、電子與正電子或質子與反質子那類負的絕對物體空間。也就是說，至此同個時空內會有「兩個」必然且絕對唯一的存在，為了最後被逼入絕境的虛無空間，存在意義將落得蕩然無存的下場。就像電極有正負之分，且正負極互為對立，人們認為是獨立存在的對象物也只是其中的一極——換言之，對象物顯然無法超越相對化的極限。周圍擁有配置於兩極之間的深度，一切都排列在同一個尺度上。

如此一來，分析立體主義追求的絕對化界限就很清楚了。然而，布拉克等人並未明確地捕捉到這個事實。他們只是根據對藝術的直覺，為了超越極限，決定在另一條路上前進。

——那就是綜合立體主義。綜合立體主義運用的技巧是拿顏料以外的東西，例如把報紙的碎片或木紋樣式的椅子本身貼在畫布上。也就是所謂的「papiers collés」（拼貼畫）技巧。

如前章所述，一般人認為世間萬物都會對應到真實——畢卡索等人也發表過類似的見解——事實上，那是潛在地意識到該如何逃離被逼入絕境的虛無空間所造成的結果。

因為唯一逃離虛無空間的方法就是讓「核心」實體化。藉由現實與繪畫這種制約中的現實（位於現實之中的非現實）產生衝突，讓現實中的物質特異化。這麼一來，相較於虛無的空間不過是繪畫中的一極，就能證明在現實中顯得與眾不同的對象物所擁有的絕對性。

當初的主題之一是從三次元過渡到二次元，這個目的如今已經消失大半，但多虧布拉克等人在藝術方面巧妙地彌補了這一點——雖然近似於模糊化——才得以完成對象的絕對化。

遺憾的是，以上只發生在繪畫的世界裡。因為現實生活只能基於相對化的認知與他者做出區別，說穿了也只是一種物質——

*

排除現實物質，再從無到有？被逼到絕境的空間導致相對化？這本書講的內容肯定很重要，但烏有實在無法消化。有必要再看點比較容易理解的書啊——烏有闔上書本後，深切地體認到這一點。

5

「找到了嗎？」

「沒有。」烏有搖搖頭。武藤房裡到處都找不到像是《啟示錄》原稿的東西。昨天與村澤一起來找的時候只是隨便瞄一眼，心想說不定是藏到哪裡去了，所以今天又跟桐璃一起偷偷地搜索武藤的房間。可想而知這當然不是來自烏有的主意，而是想要扮演偵探的桐璃。

不確定《啟示錄》在這個事件裡占了多麼重要的位置。或許與這起案件毫無關係，一切都是徒勞也說不定。如同受到媒體煽動的社會大眾，或許單純只是被煽情的標題給打動罷了。但是在欠缺其他有力線索的情況下，不得不寄望《啟示錄》能打破僵局。誰叫他不懂神父口中「和音」的意義，而且即使看了結城給他的書，也無法理解立體主義的奧妙呢。

倘若只有烏有一人，或許不會幹出這種模仿偵探的行為，而是躲在房裡專注於防衛、把自己給保護好。因為還有桐璃……又考慮到她昨天擅自行動，配合桐璃的行動或許才是正確的選擇。

「這邊也沒有。」

把書都翻出來，連書架後面都探頭探腦地看了個遍的桐璃，這時抬起了滿是灰塵的臉。鼻頭也沾上煤灰般的漆黑污垢。

「啊，頭髮亂糟糟的，好想洗澡啊。」

「妳要投降了嗎。」

「才不是。」

說是這麼說，但脂粉未施的臉蛋充分表露出失望的神色。正因為這棟大宅的造型如此古怪，她才會產生浪漫的期待，幻想《啟示錄》會像是藏在密室或暗櫃裡的古文書那樣。

「難道是結城先生拿走了？」

桐璃以沮喪的語氣問道。
「或許吧……但妳只是剛好看到結城先生而已，說不定拿走《啟示錄》的另有其人。」
房間沒有上鎖，不只結城，任何人都能自由進出，擅自把《啟示錄》拿出去。
「如果不是為了《啟示錄》，結城先生來這裡做什麼？」
「可能跟我們現在想的一樣吧。是來找《啟示錄》的。」
「你是說結城先生來的時候，東西就已經不見了？」
「有這個可能，但也可能是被結城先生找到了……無論如何，《啟示錄》好像已經不在這個房間裡了。」
「可是這麼一來，不就表示《啟示錄》確實跟這次的事件有很深刻的關係嗎。」
「我也不知道。我連裡頭寫了什麼都沒概念呢。」
烏有刻意輕描淡寫地回答。萬一《啟示錄》的存在真的是某種啟示，光明或許就藏在那裡面。當然，《啟示錄》也可能早在二十年前就被武藤銷毀了。總而言之，他不想再繼續撩撥桐璃的好奇心。
「對了！直接去問結城先生不就好了。」
有如發現浮力的阿基米德，桐璃以激動的音調高喊，然後立刻站了起來，迅速把頭髮整理好。一股也不打算洗澡了、就要直接跑去找結城的氣勢。

「喂。」烏有連忙阻止她。桐璃這傢伙真的是……

「怎麼了？」

桐璃不滿地瞪回來。

「就算問了他也不會說吧。更何況，他可能還在氣頭上。」倒也不認為結城會對桐璃動粗，但還是不要無謂地繼續刺激他比較好。結城因為自己的問題，精神上已經失去平衡了。

「也是呢。」這個說法好像讓桐璃接受了，只見她在門口停下腳步。「最好還是別刺激他對吧。」

「絕對不行。」

「這樣啊……」

桐璃不情不願地走回來，一屁股坐在沙發上，懶散地將身體癱在椅背上。

「……《啟示錄》裡面到底寫了什麼呢。」

「畢竟是二十年前的作品了。說不定跟和音的祕密有關吧。」

「和音的祕密啊……好深奧啊。」

「深奧嗎……」

他其實不太相信「深奧」這種形容詞。說穿了，這件事與烏有無關。既然與自己無關，又要怎麼追求深度，客觀地評價、定位呢。或許對他們來說很深刻，但是對烏有而言，只是在對象物周圍一閃而過的一段小插曲罷了——沒錯，本來應該是這樣的。

事情為什麼會變成這樣呢……心情又沉了下去。為什麼會變成這樣呢……

「怎麼啦？突然不說話。」

桐璃不解地問他。

「欸，桐璃。」烏有抬起沉重的腦袋。

「嗯？」

「妳為什麼不去上學？」

「幹麼突然問這個？」

烏有也不曉得自己為什麼要問她這個問題。只是……桐璃是以一種玩遊戲的感覺在調查命案，看著她興致勃勃的表情，烏有覺得兩人之間有一條鴻溝，感覺好像只有自己四周充滿一股不知該如何形容的封閉感。

「我也不知道。就覺得學校很無聊嘛。烏有～哥覺得學校好玩嗎？」

「……不覺得。」

他想了一下之後這麼回答。高中對他而言除了上課以外，完全就是不必要的場所。那只是為了考上東大的養成班。

「是不是。既然如此，你應該能理解我的心情吧？」

「我可是都有好好去上學喔。」

「要不要上學是我的自由。既然不好玩，去了也沒有意義吧。」

完全就是小孩子的論調，但烏有十分嫉妒她的坦誠。

「……所以呢，待在河邊比較有趣嗎？」

「還可以……偶爾也會感到無聊。但是比起關在塞滿人的箱子裡，看看花、看看風景還比較愉快。也是因為這樣才能遇見你。」

「感謝妳的抬愛。」

「不客氣。」

桐璃煞有其事地回禮。

「令尊沒有說什麼嗎？」

「我爸？起初有很多怨言，但現在好像已經死心了。不管我再怎麼任性，他都能包容。」

「真溺愛妳呀。」

「是我說服他了。我告訴他年輕的時候放牛吃草比較好。也灌輸他女孩子沒必要拚命讀書的觀念。」

「這不是不負責任的旁人才會說的話嗎？」

「才沒有這回事呢。我爸也充分理解了。上次老師來家庭訪問的時候，我爸也對老師這麼說。」

桐璃的父親也真是不容易啊。儘管不關自己的事，烏有仍深表同情。雖然只見過兩次面，印象中她的父親個子不高，看起來是個溫和冷靜的人。

「可是我懂得很多喔。比班上那些女同學還多。而且我知道的東西比起理化或數學，對於將來還更有幫助。」

天真無邪的回答令烏有羨慕極了。這麼說來，烏有等於是這二十一年來根本沒學到半點派得上用場的東西……實際上或許也真是如此。

「令尊就算了，老師也不管妳嗎。」

「因為我很聰明，考試的時候都能考出還不錯的成績。所以大家都很羨慕我。」

桐璃得意洋洋地揚起腦袋。還因為向後仰的動作太大，頭稍微撞到沙發後面的牆壁。這丫頭到底哪裡聰明了……

「桐璃小姐很會抓重點嘛。」

「那是因為我聰明。」

桐璃再次沾沾自喜地說著。這次改成挺起胸口，以免腦袋又撞到沙發後面的牆壁。看來至少會記取教訓。

6

原本沒打算偷聽，無奈被震懾的烏有就這樣停在原地，動彈不得。客廳裡，結城與尚美正隔著桌子，以緊繃的表情大眼瞪小眼。兩人都默不作聲，低垂的臉上露出凝重的表情。大概是剛討論某件事到一個段落。

烏有傻傻地就要走進客廳時，察覺到氣氛有異，慌忙收回右腳。幸好兩人的注意力都放在對方身上，似乎沒注意到自己。烏有順勢躲到入口的台階角落，一面留意大廳裡的動靜，然後像隻油蟬似地貼在門口、往裡頭窺探。他們在做什麼……神父忠告他最好什麼都不要知道，但既然已經被捲入這場風波了，所以他不惜擺出宛如油蟬般見不得人的德性，也想弄個清楚。

過了好一會兒，兩人又開始對話。

「……可是，尚美。我想帶妳回去。」

是結城的聲音。流露出不屈不撓的意志。

「沒辦法。」

尚美冷若冰霜、斬釘截鐵地斷然拒絕。

「那傢伙已經死了……妳還在顧慮什麼。」

「難不成，是你……」

「怎麼可能，我才不會做出那種事……」
結城拚命解釋。
「不過，要是我早知道那件事，說不定會毫不猶豫地下手。」
「……說的也是，你確實有可能這麼做。」
夫人輕聲嘆息。但是並沒有責怪他的意思。
「可是真的不是我。」
沉默再次降臨在兩人之間。沒有任何動靜。只有吞口水的聲音和壁鐘滴滴答答的聲響占據整個客廳。烏有很好奇現在是什麼情況，但也沒有勇氣探頭進去窺看。只能從對話的內容、語氣來想像。結果只等到現在的沉默。即使內心充滿偷聽別人談話的罪惡感，但是就連這樣的烏有也無法承受這段無言的空白。
「但還是不行。」
夫人終於打破沉默。
「已經太遲了嗎。還是妳對村澤……」
「不是。我打算跟他離婚。而且是來這裡之前就決定了。」
「那，為什麼？」
客廳裡傳來一掌拍在玻璃桌板上的聲音。肯定是結城吧。

「……我跟你不可能。」

「妳說不可能？……就算我這麼愛妳？這二十年來我一直深愛著妳。」

「不。」夫人以不由分說的強硬語氣打斷結城的告白，接著吐出了落寞的話語。

「你眼中的人不是我，而是和音。從二十年前就不是我。」

「不對，尚美，我愛的是妳。」

「不，是和音喔。你的眼裡只有和音，一直以來都是這樣。你今天也去了那個房間不是嗎。我看到你從那個房間裡出來了。」

「……可是，那個房間……」

「那個房間是和音的房間喔。無論什麼時候都是。由始至終都是和音的房間。」

「妳誤會了……那個、那個房間是……」

「我沒有誤會。你們都一樣……我已經累了。村澤這二十年來也一直看著和音。看著應該已經死掉的和音、看著明明已經不在的和音。我受夠了，不想再感受到和音的無所不在了。這只會讓我再次認清自己的孤獨。其實我根本不想來這座島，但我心想是最後一次了，所以打算來進行最後的告別……誰知道……」

「可惡！」這次換成拳頭敲打桌面的聲音。

「妳不了解那幅畫的意思。我為了妳……」

「不對。你之所以這麼難過，是因為和音變了。倘若和音還是原本的和音，你一定不會這麼傷心吧。」

「不是這樣的……」

就連鳥有也能刻骨銘心地感受到結城不知該往何處去的情感。「不是這樣的。」好不容易控制住自己的情緒，結城以稍微平靜幾分的語氣再度喃喃自語。

然而村澤夫人只是沉默以對。

「已經無法挽回了嗎？」

「……」

「我真的不行嗎？」

結城不死心地再問一次。彷彿傾訴著千言萬語的聲音十分淒楚。

「對。」尚美這次終於毫不留情地回答。宛如最後通牒。

「因為你一直看著和音。只有和音能治癒你的內心。所以你也……」

「不對……我殺了和音是想要讓妳解脫。」

「說謊。」

「我沒說謊。只要是為了妳，要我殺幾次都可以。」

「你做不到的。因為你根本沒有殺死和音……」

在哀憐的口吻後，是毅然決然結束對話的堅定語氣。

「走吧，我受夠了。我只想永遠逃離和音。離開這座島之後……但是在這裡，我還是村澤的妻子。」

感覺尚美好像站了起來，烏有連忙躲進餐廳。

結城也殺了和音？所有的人都殺了和音。這到底是怎麼回事？可以確定的是，所有的「祕密」都收束到和音的身上。但這裡頭到底有什麼因果關係？光靠偷聽到的這些片段，烏有完全無法拼湊。

「我不會放棄的！」

結城從客廳對著一臉悲戚地穿過走廊的尚美吶喊。

*

不只午餐，晚餐時結城也沒出現。不知道是不想見到其他人，還是不想與村澤同桌吃飯，感覺繼水鏡後又少了一個人的餐桌似乎吹著一股無形的蕭瑟冷風。仔細回想，自從來到這座島後，都還沒有吃過一頓正常的晚餐。第一天是因為桐璃那身過度打扮的服裝，令眾人啞口無言，餐廳裡鴉雀無聲。第二天是因為和音的肖像畫被割破了，昨天是發現了水鏡的屍體，今天則是因為結城與村澤造成的尷尬。完全浪費了華麗的裝潢和豪華的料理（第三天開始因為真鍋夫婦不在了，變成普通的餐點）。明天、後天……待在這座島上的期間恐怕都得忍受這種如坐針氈的氣氛，大概絕不可能恢復正常了吧。唯一的解決之道，就只能指望來接他們的船能夠比預期的還早抵達和音島來救助、解放他們。

桐璃捧著盤子，上頭盛著番茄醬炒飯加滑蛋豬排的土耳其飯。她正用湯匙把飯給扒進嘴巴裡。還不時以從盤子後方窺探的樣子觀察大家的反應。桐璃不曉得他們吵架的原因，大概是覺得問了也沒有人會告訴她吧，所以也不打算主動追究。而且最關鍵的結城不在這裡，想探聽也無從探聽起，因此烏有並未糾正她的吃相，反而一臉饒有興致地欣賞桐璃的間諜行動。

在這個充滿肅殺之氣的空間裡，桐璃令人莞爾的行為撫慰了他的心。在每個人都杯弓蛇影、疑心生暗鬼的情況下，唯有烏有在心裡微笑。是不能稱之為盛夏的陽光，但是從雪後初晴的厚厚雲層中灑落一絲、兩絲宛如春日暖陽篩落枝葉間隙的微光，依舊讓失去自我的烏有感到平靜及安穩。這麼說來，當烏有如孤魂野鬼般在桂川徬徨時，為他帶來平靜安穩的也不是伶子，而是口沒遮攔的桐璃。啃蝕他內心的那個青年雖然沒有因此得到淨化，但至少看待周圍的視野稍微開闊了一點。要是沒在桂川遇見桐璃，或許到了第三年的現今，他依舊還獨自一人在河邊漫無目的地走著……烏有再次領悟自己欠了桐璃這個女孩許多人情，下定決心要捍衛這座最後的堡壘到底。這麼說或許有點誇張，他不想放開相隔兩年半的空白後才終於抓住的使命感。這也是為了跟過去的烏有訣別……這次真的不想再半途而廢、也不想再白費力氣了。

晚餐後，村澤來找烏有。紅腫的下巴貼著白色紗布——看著看著都覺得痛了——動作很不自然，感覺每動一下，身體也會跟著隱隱作痛。

「有什麼事嗎？」

稀客來訪令烏有有些驚訝。村澤特地來房間找他，莫非是想告訴烏有他們今天早上到底在吵什麼嗎……烏有難免期待，但村澤要講的完全是另一件事。

「如月老弟，」或許是下巴不太聽使喚，他的聲線比平常還低沉。「所以，關於事件方面你有什麼頭緒嗎？」

因為不知道他要問什麼，心想期待落空的烏有這時也提高了警覺，看著帶傷的村澤。

「完全沒有。不過為什麼要問我呢？」

「嗯……我覺得你應該已經解開謎團了。看來你還不願意告訴我啊。」

話說得不清不楚。他的眼神似乎懷疑烏有沒說實話，又彷彿有所求……他到底想從自己身上得到什麼？難道希望烏有承認是自己做的嗎？這麼一來就能讓疲於互相猜疑的他們偃旗息鼓嗎？

烏有不禁有些自暴自棄，連詫異的表情都懶得隱藏。既然村澤從來不肯回應自己的期待，烏有自然也不喜歡對方肆無忌憚的期待眼神。

「那麼，在那之後你有什麼發現嗎……關於密室的狀態，或水鏡先生的房間。」
烏有沒好氣地搖頭。
「你到底有什麼事？」
「這個嘛，是尚美她……」
村澤支吾其詞地喃喃低語。
「夫人她怎麼了嗎？」
「沒什麼。」村澤欲言又止，稍微思考了一下才開口。「……她又開始說是和音幹的了。」
「真宮和音嗎？」
「嗯。」
村澤的表情十分凝重。看來結城的攻擊不只肉體，也打擊了精神。感覺他比先前還脆弱。
「那是不可能的。和音很久以前就不在人世了……可是尚美竟然開始相信和音還活著。簡直莫名其妙……所以我希望你能快點找出這個兇手。」
「就算你這麼說……」
如果從嫌疑人當中扣掉村澤和尚美，就只剩下結城和神父了。烏有想提醒村澤，但終究沒說出口。問題在於村澤為何這麼期待自己能解決命案呢？簡直就像當他是神探一樣，對他有過多期待。因為烏有是純粹的局外人嗎？還是因為自己跟桐璃是一起的？

「不過，單就和音復活來說……我認為不會有這種事的。」
「對嘛……」
村澤安心似地猛點頭。他的如釋重負其實側面證實了他自己也認為和音不可能復活。只是，為何他會感到鬆了一口氣？他們不是由衷期待和音復活嗎？身為和音的信徒，身為侍奉過和音的人……
烏有想起村澤昨晚說的話。
「這麼說來，昨天村澤先生說你們殺了和音，那句話是什麼意思？」
烏有其實只是隨口問問，沒想到村澤原本鐵青的臉色又變得更加蒼白了。包著紗布的下巴微微顫抖著。
「我嗎？」
「對啊。」
「不……我才沒說過這種話。我們怎麼可能殺死和音。和音是在觀景台被風給吹下去的。我不可能說這種話……」
村澤用力搖頭、矢口否認。看來昨晚是在無意識的情況下講出那句話……既然如此，那句話並不是對烏有說的，而是他自言自語嗎？無論如何，他這麼拚命地否認，反而增添了這句話的真實性。

他們果然殺死了和音。問題是，怎麼做的？是怎麼殺死身為偶像、身為「神」的和音……結城和神父也說過類似的話。所以是他們聯手殺害和音、一起將和音推入大海的？這些人都是「猶大」嗎？假如「最後的晚餐」時，除了耶穌基督以外的十二使徒都是猶大，耶穌該有多麼絕望啊。

烏有任憑思緒馳騁時，村澤數次在口中念念有詞「才沒有這回事」、離開了他的房間。真是令人不愉快的結局。烏有看著大大敞開的房門，思考村澤來找他的原因。他們真的殺了和音嗎……還是說和音其實還活著呢。

——烏有不清楚當時他們在這座島上發生過什麼恩怨。假設被他們推下海的和音大難不死、存活下來了，然後現在回來復仇的話……也不是不能理解他們那種過度激烈的膽怯反應。

不過，這個假設有一個很大的漏洞。那就是和音為什麼要花上二十年等待報復的時機。

7

「所以妳解開密室之謎了嗎？」

烏有試著詢問跑來自己房間打發時間的桐璃。或許是晚上的時候就喜歡穿這一件，現在桐璃身上還是那件純白的洋裝。那是一件有著細緻下擺、感覺會被誤以為是禮服的洋裝。結果他們只搜索了武藤的房間。畢竟烏有沒有任何權限，不可能去翻村澤他們的房間或是上鎖的空房間。如果是像昨天那樣由村澤主動提議就另當別論了。但是從村澤剛才那種難以理解的反應來看，與結城之間的糾葛大概讓他現在也沒什麼心情去調查了。

話雖如此，烏有也無法遊刃有餘地從俯瞰的角度思考命案。光是要應付接二連三發生的狀況已經夠令他疲於奔命了。整天都在為結城、神父、村澤東奔西跑。幸好最後看似什麼都沒發生，但或許是毫無進展的焦慮不安才讓他對桐璃提出這個問題也說不定。

「沒有。」

桐璃搖搖頭，用纖細的手指把玩剛洗好的長髮。

「但也不是毫無想法就是了。」

「聽起來好沒自信啊。」

「確實還沒有。」

真是稀奇，難得會坦率承認啊。但是反過來琢磨，感覺又流露出絕對要解開這個謎團的自信。就像偵探艾勒里．昆恩[10]在論證完整之前不會公布推理一樣。但這個女昆恩（雖然這個比喻很怪）似乎要直接發表現階段還不成熟的推論。

「比方說，準備幾個與積雪一樣厚的冰塊如何。」

桐璃在床緣坐下，開始說明。烏有坐在椅子上，所以視線自然地往下俯視。

「然後呢？」

「在走在雪地上時會經過的地方埋入冰塊，然後踩在冰塊上前進，以這種方式走到圓形舞台。可以繞點遠路，但只要高度一樣，遠遠看上去應該看不出底下埋著冰塊吧。」

「冰塊踏腳石嗎。」

「因為現在是炎熱的夏天，冰塊沒多久就會跟雪一起融化了，這麼一來證據就消失了。」

「原來如此啊。」

烏有姑且表現出佩服的樣子。以紙上談兵來說確實很有意思，但應該不可能實行吧。

「但是雪和冰融解的速度不一樣吧。我記得冰塊融化的速度比雪慢，所以最後可能雪都融化了，但還有冰塊剩下來。」

要是雪融化後，白砂上只剩下冰塊踏腳石，這樣應該不可能不被注意到吧。

「就是說啊，問題就卡在這裡。」

桐璃顯然也知道這裡說不通。抱著胳膊，點頭如搗蒜。

「再說該怎麼製作高度剛好跟積雪一樣的冰塊？而且數量還要多到可以鋪上五十公尺喔。如果要繞遠路，距離就更長了，所以數量十分驚人呢。要去哪裡找這種大到誇張的冷凍庫啊。」

---

⑩ Ellery Queen。由佛列德瑞克·丹奈和曼佛瑞·李這對表兄弟共同創作的經典系列作品偵探，同時也是他們的共用筆名。

「就是說啊，問題就卡在這裡。」

「還有，該怎麼在下雪之前判斷積雪的高度。據神父所說，兇手好像是雪停了以後就立刻犯案了。即使用急速冷凍也來不及，而且半夜削冰塊的話，一定會被大家發現吧。」

「就是說啊，問題就卡在這裡。」

「話說回來，夏天下雪這種現象原本就無法預測。我不認為有誰能預料到會下這場雪，還準備了這麼費工的詭計。」

「就是說啊，問題就卡在這裡。」

桐璃每次都以同一句話附和，但情緒一次比一次低落，最後化為一聲嘆息。

「所以我才說我沒有自信嘛。我只是剛好想到這個可能性，有必要這樣咄咄逼人、批評得一文不值嗎？彷彿要置我於死地呢。倒是烏有哥，你自己都沒有任何想法嗎？」

「沒有。」

烏有聳聳肩，乾脆地承認。

「這是什麼態度啊。你自己也沒有頭緒，還好意思批評我。」

「說的也是。誰叫我不適合當偵探呢。」

桐璃不滿地瞪著烏有，這次改用忿忿不平的口吻說：

「可是你不覺得我的推理也挺有道理嗎？」

「怎麼可能。如果滿分是一百分，妳只有零分。」

烏有誇大其詞地打哈哈，讓桐璃氣得臉都脹紅了，鬧彆扭地揚起了下巴。

「算了，我下次一定會做出更厲害的推理。」

「加油啊。我很期待妳的表現。」

烏有毫不留情地放冷槍。說不定他其實有點嫉妒。桐璃的假設雖然漏洞百出，卻是烏有想不到的切入點。看樣子桐璃的想像力要比他豐富多了——說不定桐璃能比我更快找到正確答案。烏有不由得感到有些寂寞。

「……那妳弄清楚兇手是什麼來歷了嗎？」

「烏有哥，你從剛才就一直在問問題耶。」

「才沒有這回事。」

村澤不也一直問自己問題嗎。烏有不禁苦笑。

「所以妳還沒有頭緒嗎。」

桐璃用力搖頭，然後用跟剛才一樣神祕兮兮的態度說：「倒也不是完全沒有。」

「哦。兇手是誰啊？尚美小姐嗎？」

「不。不是那個女人……是神父。」

「派翠克神父？」

「嗯。」

桐璃的音量雖小，卻信心十足地猛點頭。

「妳怎麼會覺得是神父？我完全看不出來。」

「神父在村澤先生的逼問下說明水鏡先生的屍體狀況時，他說過水鏡先生是被『柴刀』斬首的。」

烏有立刻就明白桐璃想說什麼。

「……妳的意思是說，他一口咬定是『柴刀』，而不是斧頭或菜刀之類的，所以很可疑嗎？因為就是神父本人用柴刀砍下了水鏡先生的頭。」

「嗯。」

「可是，說不定是觀察切口後才判斷是用柴刀砍的。畢竟他曾經想當醫生。」

怵目驚心的剖面至今仍烙印在烏有的眼底。就連烏有也能想像是那是柴刀或斧頭之類的刀刃造成的。

「可是，他對其他部分都講得含糊其詞，列出了一大堆可能性，但唯有這裡篤定地說是『柴刀』，你不覺得很奇怪嗎？而且不只這點，還有其他可疑之處。」

「還有其他的嗎？」

烏有不禁將身子湊上前去。

「同樣的情況還出現過一次。他說水鏡先生是先被斬首才被搬到圓形舞台上的。但怎麼會知道水鏡先生是被人搬到舞台上面？明明也有在圓形舞台上遇害的可能性啊。」

「原來如此……原來還能這麼思考啊。」

烏有抱著胳膊，消化桐璃的推理。

「是神父啊。」

以客觀的線索、立論根據來說固然薄弱，但烏有也逐漸覺得或許這可能是正確的看法和推理。

「一定是他沒錯。」

不同於起初沒什麼自信的口吻，或許是烏有的反應助長了她的氣焰吧，桐璃突然變得信心十足。

「可是……神父實在不像是會殺人的那種人。殺掉人以後還能那麼冷靜嗎……雖然確實有點不太曉得他心裡在想什麼……他該不會是雙重人格吧。」

「怎麼可能。」

烏有笑著排除這個可能性。要說誰有雙重人格，毋寧說烏有還比較有可能。因為他從十年前就受到另一個人格的支配……然而，自己的情況應該不算所謂的解離性障礙。烏有的場合是兩者的融合，一面受到影響、一面與之共存。至於人格的部分，就只有「現在的烏有」一個而已。

「可是……烏有哥，雙重人格會是什麼情況？」

「妳不知道嗎？」

話題偏掉了，但烏有還寧願話題偏掉。雖然有幸聽到有意思的推理，但是如果連跟桐璃在一起的時候都還要討論命案，那就太令人喘不過氣了。可以的話，他希望能聊點更開心的話題，可惜現在也由不得他挑三揀四。

「是指一個人的身體裡有兩個人格吧？」

「我也不清楚，我又不是雙重人格。」

「這樣不是很不舒服嗎？」

「回過神來，自己所不知道的自己，在自己一無所知的情況下做出自己沒有記憶的事。這種情況一點也不好笑。如果不能與自己達成共識，可能會像是變身怪醫那樣落得身敗名裂的下場。」

烏有漫不經心地回答。印象中，《變身怪醫》是描寫傑奇博士因為想變成壞人，自願成為雙重人格者的故事。因此從與自己達成共識的角度來切入的話，意思可能有點不一樣。因為傑奇博士是陷入對另一個人格產生依賴的狀態，為此身敗名裂。「雙重人格」這個名詞是經常可以聽到的比喻，電視劇等也會拍攝這方面的故事，但現實中烏有的身邊從未出現過雙重人格者。不過要是症狀明顯到第三者也看得出來，早就得住院接受治療了。

「會變成那本書裡寫的那樣嗎？」

「書中的傑奇博士知道海德的存在。如果是疾病型的雙重人格，或許會在莫名其妙的情況下因為海德犯的罪被警察抓走吧。」

「好慘喔。」桐璃語帶同情地喃喃自語。

「現在的情況可能不一樣了，但以前只會認為那是想為自己脫罪的蹩腳藉口吧。」

「那如果發現自己是雙重人格呢？」

「誰知道呢。如果對方是海德，可能會變得跟傑奇博士一樣……不對，應該要先去看醫生吧。說不定還來得及治療。」

「嗯哼……」

一段時間內，桐璃陷入了沉思，不知在想些什麼。

「傑奇博士是不是因為自己的時間愈來愈少，最後選擇了自殺呢？在他失去自我之前。」

「嗯，那或許也算是自殺吧。」

雖然沒有人親眼目睹傑奇博士死亡的過程，但是有留下交代始末的信，所以被當成自殺也不奇怪。不過傑奇博士確實也是自取滅亡。

「既然如此……如果海德沒有那麼罪大惡極、就只是個普通人、甚至如果還是個比傑奇博士更好的人，一旦覺得即將失去自我，或許也會選擇自殺吧。」

桐璃說得莫名自信，臉上浮現出意味深長的笑容。

「……這個嘛，我能理解如果被罪大惡極的海德取而代之，確實會生不如死，但如果變成善良的海德，說不定會放棄掙扎，認為是命運的安排？至少傑奇博士可能就不會自殺了。」

「可是他會自殺是因為相信海德一定會被捕吧。就算海德是好人，我認為傑奇博士還是會在尚未失去自我前自我了斷。」

桐璃的疑問讓烏有一時半刻反應不過來。這麼一來，結局就不會是儘管內心想作惡，卻因為承受不了另一個人格犯下的惡行，因此走上毀滅之路的故事了。

「就算知道死期，也不是所有罹患癌症的人都會自殺吧。道理是一樣的。妳想太多了。」

「話不是這麼說。」或許是感受到烏有的敷衍，桐璃氣急敗壞地反駁。「萬一我知道有人要殺我，而且還知道那個人在我死後還會繼續大搖大擺地活著，在自己難逃一死的情況下，肯定會想拖著那個人一起下地獄吧。絕能不容許那種傢伙獨活。正所謂要死就一同上路。可是癌症病人並沒有這樣的對手，所以才會盡可能多活一天是一天啊。」

桐璃難得一口氣說出這麼一大串台詞。而且說的非常合邏輯。

「所以要是海德也知道傑奇博士的存在，說不定也會自殺呢。」

「問題是海德原本就來自於純粹的惡意，屬於異常的存在。傑奇博士只是恢復正常而已。」

「可是啊，對海德而言，自己才是那個正常人，傑奇博士反而是異常的存在吧。因為自己已經被創造出來了。」

桐璃說的確實也有道理。如果沒有別人的評價，雙方都會認為自己才是本尊，另一個人格則是異常的存在吧。那麼以烏有的情況來說，哪一個他才是正常的自己？世上只有一個「烏有」。但烏有自己卻希望能變成「那個青年」。

「如果是壞人的話可能會破罐子破摔，但如果海德是個普通人，恐怕就會想自我了斷。」

「我倒是認為，如果是普通人，兩邊都會乾脆地放棄。」

「是嗎。」

桐璃不滿地看著烏有。

「那，如果烏有哥是雙重人格的話，你會怎麼做？」

「不知道，如果兩邊都是普通人，而且都發現彼此的存在，大概會順利地和平共處吧。像是寫信給第二個人格的自己，類似交個筆友那樣。」

虛情假意的回答果然馬上被識破了。

「胡說八道。你才不是這種性格的人。」

「這很難說喔。」

「那，如果你發現自己的人格所擁有的時間愈來愈短呢？」

「這個嘛……」

烏有想了一下。這也是他最近開始思考的問題，並不是因為桐璃問了他才這麼做的。他思考自己是不是更接近那個青年了，而非原本的自己。思來想去，最後必定會陷入自虐的死胡同。

「那樣或許也不錯。」

然而早在兩年前，他就已經無法成為那個青年了。桐璃看著烏有，眼神充滿猜疑。

「少騙人了。你都不說實話。」

「如果是桐璃呢？妳會怎麼做？」

「我嗎？換做是我，就算想尋死，肯定也沒有勇氣……」

烏有也是。這兩年來，那個青年成了自己的「重擔」，內心出現過無數次「想自殺」的念頭。但是他一次也沒有真的想過「那就自殺吧」。聽起來好像沒什麼差別，但其實天差地別，完全不可相提並論。

「所以一定會想盡辦法讓對方自殺，就像海德那樣。」

「像海德那樣？」

「有這個可能不是嗎。傑奇博士搞不好能開發出治好雙重人格的藥喔。雖然實際上沒有開發出來，但海德並不知道。所以在那之前故意做出許多惹怒傑奇博士的事，逼他自盡。這麼一來自己就不用自殺了。或許結果一樣，但至少那是自己努力的結果。」

桐璃說到這裡，拍了一下膝蓋後做出結論。

「所以這個故事並不是傑奇博士的失敗談，而是傑奇博士擅自創造出海德、屬於海德的復仇故事。」

雖然有點牽強，但也不是完全不能接受。只是這麼一來，海德的計畫還是失敗了。因為傑奇博士也做了相同的事，決定在自己還是海德的時候赴死。

總而言之，烏有過去從來不曾往這個方向思考。或許是因為他一直避談雙重人格的問題，以免火花燒到自己身上。

然而，說不定「那個青年」也跟海德一樣，正打算逼「烏有」走上絕路。他突然想到這個可能性。不用自己動手……

「不過，我實在不太願意想像不是自己的我。」

「自己不再是自己的話有這麼可怕嗎……」

烏有非常認真地陷入沉思。

V

八月九日

0

從南側的海岸稍微往上走一段路的地方，印象中長了一大片爭奇鬥妍的向日葵。在微微隆起的草地上，面向海洋，怒放著碩大的黃色花朵。海風貼著沙灘吹來，粗壯的莖左右迎風搖曳。象徵夏天的向日葵發瘋似地恣意揮灑鮮豔的黃色。如同電影中的一幕，雖然還沒有在廣大的向日葵花海中奔跑過，但可想而知，就算臉上掛著微笑，肯定也會氣喘如牛吧。

北側則是戴著雪白綿帽、張開深綠色葉片的山巒。不知道那是什麼樹，單看等高線的話，海拔並不高。但是從山腳下往上看的話，感覺就高出了好幾倍。也不知道山的另一頭有什麼。但是想也知道不外乎是一片汪洋大海，似乎沒什麼值得期待。

往西邊繞過那座山，有一座破壞天際線的收發塔。原本是連結這座島與本土的唯一生命線，如今已被無情地切斷。接收器的構造太複雜，從外表也看不出哪裡出了問題，更何況黑盒子內部也被破壞到不可能再使用了。或許其實只有一條配線，但外行人還是沒那個本事修理。披著紅色、藍色、黃色塑膠外衣的複雜管線糾纏不清，讓紛亂的大腦更加混亂。

長了向日葵的沙灘東側是佣人真鍋夫婦居住的小巧日式偏屋，靠近海岸線的地方則是船塢，裡頭原本停泊著真鍋他們出去採買時搭乘的汽艇。如今已空無一物。這裡明明在三天前確實還能充分發揮船塢的功能。

島嶼中央朝南矗立著巨大、基於立體主義、以近代的真理為目標、只能用異常來形容的建築物。有如錯落堆疊了幾個腦子有洞的傢伙才會想到的立方體，鎮座在島的中央區域，儼然是這座半徑不到一公里的和音島之主。不……這座島真正的主人其實是那個名叫和音的少女也說不定。就如同島嶼的名字、大宅的名字所顯示的那樣。

然後是稍微偏北側的中庭深處，有一座大理石圓形舞台。二十年前和音曾背對大海，在舞台上唱著怪異的歌詞，載歌載舞。明明是夏天，卻覆蓋著皚皚白雪……那裡有一具失去頭顱的醜陋又孤獨的男性屍體。

遇害的傢伙好像姓水鏡來著。大富豪水鏡三摩地……

那麼下一個是誰呢？

1

醒來時，烏有半張臉都靠著門口的柱子。明明應該夾在自己與牆壁間的枕頭掉在膝蓋上，左臉緊貼著牆壁、擠出了螺旋般的形狀。不用照鏡子，用手摸也知道留下凹凸不平的痕跡了。揉了好半天，烏有才發現自己睡著了。在迷迷糊糊之間意識到破曉來臨，但是在那之後只記得萬里無雲的藍天和耀眼的明黃色向日葵。大概是前晚徹夜未眠，消耗了太多體力。前天才發誓要保護桐璃，結果誓言只堅持了一天、只堅持了發誓的那個晚上……真是太丟臉了。烏有痛罵自己。

想要抬起身子，就覺得關節莫名疼痛。與想站起來的意志正好相反，全身感覺快要虛脫了，彷彿背著一個背後靈。身體還同時感到燥熱與惡寒。心想不會吧，伸出手摸摸額頭，發燒了。而且好像燒得非常厲害。光是要扶著牆壁、維持身體平衡都很不舒服。呼吸急促，幾乎可以聽見自己的喘氣聲。大概是因為下了盛夏之雪的關係，變冷的天氣導致昨天稍微好轉的感冒又惡化了。定睛一看，自己帶來的毛巾皺巴巴地在腳邊捲成一團。

「偏偏在這個節骨眼……」

頭昏腦脹的感覺令烏有低聲咒罵。總之得先去確認桐璃是否平安無事才行。拖著沉重的腳步走到鋪著紅地毯的走廊上，微微推開斜對面的房門，往房裡窺探。竟然沒鎖門，真是太粗心大意了。待會兒一定要罵罵她。

桐璃躺在大床上，發出平穩的鼻息。睡得既香又甜。睡相不算好看，但至少平安無事。烏有跪在走廊上，鬆了一口氣。幸好沒有功虧一簣，萬一在他不小心睡著的清晨，桐璃有什麼三長兩短的話，再怎麼悔恨也後悔莫及吧。因為那不只意味著失去桐璃，也意味著失去了好不容易又找到的目標。這將會逼迫烏有再次體認到自己的無能。

看了一眼手錶，七點十九分。走廊上只有稀微的晨光，所以缺乏像是有麻雀宛轉啁啾、鴿子豪邁高歌那種早上神清氣爽的感覺。再加上發燒，胸口感到窒悶欲嘔。原本就已經歪七扭八的房屋構造，看上去也更顯得扭曲。

——天也亮了，應該不要緊了吧……至少上午先好好補個眠再說。烏有拖著沉重的身體，幾乎是用爬的回到自己的房間。這次他把房門關好，一頭栽到鋪著潔白床單的床墊上，閉上雙眼，再次墜入夢鄉。就像好不容易結束一整天的忙碌。

*

因為做了個殺人的夢，讓烏有醒了過來。

連室內也能聽見外面的喧囂。房間應該有某種程度的隔音效果才對，兵荒馬亂的氣息卻吵到幾乎要刺穿耳膜。看了枕邊的時鐘一眼，才知道已經過了中午。大概睡了五、六個小時吧。彷彿有大量爆竹在腦袋裡同時炸開，霹靂啪啦作響。簡直像是台灣的農曆新年期間。比頭蓋骨容量還多的爆竹究竟是如何塞進腦袋裡的？烏有帶著怒意，往屋子裡看了一圈。睡眠不足導致的疲勞已經舒緩了，但感冒似乎還沒好。嘴唇乾裂，口好渴。

村澤夫人應該做了午餐，但如果現在去餐廳的話可能會與她碰個正著。而且能不能拖著這副殘破的軀體走到一樓也是個問題。漆成白色的房間映在充滿血絲的眼裡，看起來黃黃的，就連毛毯都好似沉重得充滿壓迫感。

神經應該不會因感冒而變得更敏感，不過依舊能感覺到大宅裡充滿了詭譎的氣流。即使躺在床上，劍拔弩張的氣息也如潮水般翻湧而來。或許其實從昨天、不，從前天開始就是這樣了。沒有尖叫聲，也沒有吵架的怒吼聲，但屋子裡充滿了極度鼓脹、極度緊繃，低於絕對零度的東西。各種對立、各種疑惑、各種其他纏夾不清的東西。

「這種情況還要持續四天啊……」

人感冒時無論如何都會變得軟弱。擔心會不會就這樣昏睡不醒，或者會不會一直無法退燒、直到衰弱致死等等。真是諷刺，這種時候竟然這麼怕死……

烏有平常就欠缺樂觀的思考回路，如今更是一步一步地沉入陰鬱的沼澤裡。他時常在內心深處折磨自己。由於周圍的狀況無法掌握、沒有其他可以究責的對象，所以最後總是回到自己身上找原因。自己真的沒有犯錯嗎……在現實與妄想因為發燒而交錯的情況下，他不由自主地回溯十年前的那場意外，一再陷入雖然空虛卻似乎也令人癲狂的無限迴圈。那個青年的死變成一種象徵，讓殺人變成一場連鎖、也讓水鏡無頭的屍體一直從伸手不見五指的黑暗中浮現出來。一旦消失，又換成和音從舞台上直直墜入大海的身影。不過，不同於昨天以前的畫面。和音多了兩條、不，是多了好幾條筆直伸出的手臂。

過了好一會兒，他才注意到桐璃開門走進來。

「你還躺在床上啊，今天也起得好晚。」

或許是因為在聽隨身聽，桐璃的音量大了點。略帶不滿的語調也有些誇張。

「有發生什麼事嗎？」

「不知道，但好像確實有什麼事。我怕烏有～哥生氣，所以先等你起床。」

「妳今天怎麼這麼安分。」

桐璃摘下耳機，「嘿嘿」笑了一聲，只說了一句「這還用說嗎」。

「總是要給你一點面子嘛，所以我先老老實實地等你。話說回來，你竟然睡到這麼晚。」

「嗯啊。」

「你看似把事情看得很嚴重，另一方面卻又很鬆懈。小心睡著的時候被兇手趁虛而進喔。」

妳才要小心吧，睡覺也不鎖門……烏有連忙把話給吞回去。他不想因為逞一時的口舌之快，害她從此睡得不安穩。只要烏有一個人不睡覺就夠了……這也是為了偉大且遠大的目的。

「少管我。而且妳的成語也用錯了，是趁虛而入，不是進。」

「囉嗦。別挑我語病。」

「妳就是不去上學，詞彙才會這麼貧乏。偶爾也要去上課才行。」

「別說那種老爸才會說的話，小心我討厭你喔。」

桐璃淘氣地吐了吐舌頭。粉紅色舌尖從塗著自然色口紅的唇瓣間探出來。

「要討厭就討厭吧。」

烏有無力地反擊。想要坐起來，但手臂使不上力，最後又倒回床上。看到他這副模樣，桐璃似乎才發現他有些不對勁。

「烏有～哥，你的感冒該不會變嚴重了吧？」

桐璃跑到床邊，伸手去探烏有額頭的溫度。「好燙！」她就像是摸到滾燙的水壺似地立刻鬆手，捏著耳朵降溫。

「你發高燒了耶——真不小心。」

「吵死了。」

烏有想吼回去，卻只能發出呻吟般的音量。聲音沙啞，像是快要喪失發聲機能了。

「沒事吧？看起來好嚴重。」

「……怎麼可能沒事。」

遭人點破後就因此陷入變得更嚴重的錯覺，這種事時有所聞。烏有也因為桐璃剛才的反應，覺得自己好像比想像中還要嚴重。

「我去樓下幫你拿藥。」

語聲未落，桐璃已經衝到走廊上，連門也沒關。

「桐璃……」

烏有望著虛晃一招仍未關上的房門，在已經半死不活的腦袋瓜裡再次怨嘆自己的無能。居然在這種關鍵時刻感冒……走廊上的冷風吹進房間，撫過烏有的臉及脖子、肩膀，冷得他直打哆嗦。反應過來時，室內空調已經轉成暖氣了。

桐璃只花了五分鐘就回來了。她顫危危地捧著裝滿水的玻璃杯，遞給烏有一包藥。烏有想盡辦法坐起來，喉嚨又乾又熱，渴得要命，所以他一口氣把那杯水喝光。不知道他們是用什麼方法挖的供水道，感覺比一般的水更好喝。

「到底怎麼啦？烏有～哥很少弄壞身體呢。」

「因為我的神經比較敏感嘛。」

「少唬人啦。明明一直住在那麼骯髒的房間裡。」

桐璃說的是事實，所以烏有也無從反駁，心想邋遢與敏感應該可以在不同的領域共存。只是這次並不是因為精神出問題才感冒，所以無法提出他的論述。

「所以，樓下發生了什麼事？」

「樓下？我拿藥的時候剛好聽到，結城先生不見了。」

「結城先生嗎？」

「嗯。」桐璃點頭，意味深長地凝視烏有的雙眼。不知道為什麼，感覺她的眼中除了「好奇心」，更多的是悲傷。這麼說來，她那悅耳的聲音好像也沒有平常那麼充滿活力。

「……該不會被殺了吧。」

「怎麼可能！」

烏有忍不住大叫，大喊大叫的反作用力令他受到彷彿腦子裡有九個大鐘齊鳴的衝擊。就算沒遇到傑夫感覺也會死掉。

「……是村澤先生他們這麼說嗎？」

「這我就不知道了。他們只說『不見了』。就沒有再告訴我更多了。」

「這樣啊……」

「也可能是逃走了。」

桐璃豎起食指。

「原來如此……可是要怎麼逃走。又沒有船。」

「可能把船藏在某個地方……不過，我是不相信就是了。」

桐璃半開玩笑地聳肩，接過空杯，走向洗臉台又幫他倒了一杯水。

「結城先生啊……」

「很意外嗎？」

「不。」

烏有坦率地搖頭。唯有這點，他無法判斷。

「我去看一下……」

但灼熱的身體完全不聽使喚，紋絲不動。就連想要跨出去的大腿也使不上力。病毒貌似讓肌肉鬆馳、關節也被固定住了。

「不行啦。你得躺著休息才行。萬一再惡化下去可能會轉成肺炎喔。」

桐璃不由分說地把烏有按回床上，為他蓋上毛毯，然後拍拍他的身體。接著又去洗臉台把毛巾打溼，敷在烏有的額頭上。她的手十分暖和，動作就像母親一樣溫柔。桐璃也是女人啊——烏有再次體認到這個理所當然的事實。

要是她平常也能這麼溫柔婉約就好了……儘管是非常時期，這個想法仍令他不禁莞爾。感冒好像也不錯。這種心理就像是期待感冒時可以吃到水蜜桃或哈密瓜的小孩。唯一的差別在於他無法直來直往地表現出內心的喜悅。

「我晚點再送午餐來給你。」

「謝謝。」

烏有若無其事地打從心底感謝她。同時覺得好像稍微退燒了。毛巾似乎吸收了大量擾人的熱氣。

——總之，先別想結城的事。等身體稍微恢復一點再開始思考也不遲。

「桐璃……」

「什麼事？」

「聽我一句勸，千萬不要獨自調查喔。大家的情緒都很緊繃。」

不等他把話說完，桐璃將食指抵住烏有乾裂的唇瓣。

「烏有～哥，你真的太囉嗦了。別擔心，我不會有事的。」

這句話是表示她會聽從烏有的交代，還是安慰他事情其實沒有想像中的那麼危險呢？烏有還想繼續叮嚀，但結果可想而知。

總之白天應該沒問題吧……烏有對著意識逐漸遠離的自己這麼說道，決定靜觀其變。然後在桐璃的注視下，再次墜入渾沌的淺眠。

2

「如月老弟嗎？」

最先在客廳跟他打招呼的是村澤。他走到門口這邊，眼下掛著淡淡的黑眼圈，神情十分憔悴。

「聽說你發燒了，已經可以下床了嗎。」

「嗯，託大家的福。」

窗外的陽光逐漸染上朱紅色。有如描繪了世界末日的天空，由紅蓮般的火紅與幽靜的蒼藍交織而成的陰影躡手躡腳地走進客廳。已經五點了。也就是說，烏有又睡了四個小時。

「那就好。前天拖著你跑來跑去，真不好意思。」

「不會。我想應該跟那個無關。」

烏有望向尚美。尚美正魂不守舍地在客廳角落凝視著電視。脂粉未施，臉頰肌肉鬆弛下垂，減損了她的美貌。她從中午就一直是這個樣子嗎？

「不說我的事了，聽說結城先生不見了。」

「嗯嗯。是舞奈小姐告訴你的吧。你有看見結城……嗯，就算問了你也不知道吧，畢竟你在睡覺嘛。」

「還沒找到他嗎？」

「其他的房間也都找過了……總不可能一直在外面徘徊吧。」

「知道他是什麼時候不見嗎？」

一直站著也很累，烏有和桐璃並肩在村澤面前坐下。感覺沙發比平常擁擠。

「我是上午發現的。」

意思就是已經過了五、六個小時。怪不得村澤的語氣隱隱流露出最壞的打算。水鏡之後的下一個犧牲者是結城嗎……這抹不安如今正逐漸變成現實。

腦袋還昏昏沉沉，但即使勉強，還是必須得了解一下狀況。他若無其事地冷靜觀察周圍的反應。在這個跟昨天相比少了一個人的客廳裡，他們坐得非常分散。大概也是因為平常最健談的結城不在了，氣氛煞是冷清。只剩下他們三個人的客廳實在太空曠了。

神父坐在斜對面的椅子上，雙手一下交叉、一下放開，似乎正在耐心地等著結城回來。烏有想問他前天說的那句話是什麼意思，但眼前的場合實在不宜打草驚蛇，終究還是沒開口。

「結城先生果然……」

夫人以細如蚊蚋的音量低喃。

「消失了……妳是想這麼說嗎？」

「消失……嗎。這聽起來不是好詞呢。」

神父突然插嘴。

「硬要說的話，不是『躲起來』就是『被藏起來』吧。消失是只有上帝才能辦到的事。」

幾乎可以說是搞錯場合的冷淡語調。村澤夫人對神父投以略帶輕蔑的視線。但就算是看在烏有及尚美等人眼中毫無意義的堅持，對神父來說也很重要。只見他以正經八百的表情回敬夫人。「消失」這個字眼在派翠克神父口中發出神祕的回響，似乎正要展現主的力量所帶來的奇蹟。腦海中不經意地想像著分裂地面、現出巨大裂縫以吞噬結城的猶太邪神。即使到了這個節骨眼，神父顯然也不願將人為與冥冥之中的力量混為一談……不，烏有修正自己的解釋。或許神父正陷入迷惘也說不定。迷惘到就算是言語上的差別也想要明確地區分出來。

所以感覺神父似乎有意避開「被抹除」這個字眼。

「就別扯閒話了。先不管被藏起來的可能性，『躲起來』是什麼意思？」

村澤坐正姿勢追問。

「你不可能沒想到這個可能性吧。如果是那個人的話就算躲起來也很正常。」

「你的意思是說……結城是兇手嗎？」

神父微微頷首，然後以輕描淡寫、但又具有說服力的語氣補了一句：「也有這個可能性。而且可能性很高。」

「說的也是。」

烏有也表示同意。雖然有點穿鑿附會，但神父的說法也是一種可能性。明知輪不到自己多管閒事，但是為了不讓所有人的想法都朝著同一個方向思考，他認為還是有必要開口。村澤他們毫無根據地認定結城遇害了，但誰也不能保證這不是結城的障眼法。

「結城先生嗎？怎麼可能！」

夫人以難以置信的表情輪流打量神父和烏有的臉。

「不會有這種事吧。」

「尚美，神父只是說有這個可能性。」

「就算只是可能性，也改變不了你們懷疑他的事實吧。」

「有什麼辦法，誰叫他現在不見人影。」

這次換村澤瞪著烏有他們。臉上的神情似乎是不願再興起波瀾。也就是說，這些議論早在烏有下樓前的幾個小時就已經討論到爛掉了。烏有以迷迷糊糊的腦袋理解到這一點。

「他一定是被殺了。跟水鏡先生一樣，被那個人……」

那個人……這應該只是單純的措辭吧。說得好像她見過那個人似的。夫人兩條手臂在單薄的絲質襯衫上交疊，抓住自己的肩膀，不住顫抖。她的驚恐或許是演出來的，可是看過前天晚上那一幕的烏有，也覺得她的精神狀態真的快要撐不住了。雖然沒有同情的意思，但也不想故意激怒她。就在這個時候——

「可是，如果結城先生被殺了，應該要有屍體啊。像水鏡先生那樣。」

桐璃讓烏有的苦心付諸流水了。

夫人瞪了她一眼，一臉妳這丫頭到底在說什麼鬼話的表情。桐璃反射性地躲到烏有背後。就像是意圖無情地拿大病初癒的烏有來當擋箭牌。

「村澤先生。你檢查過和音館外面嗎？像是真鍋夫婦的偏屋之類的。」

烏有無何奈何地轉頭去問村澤。只見他摸著下巴回答：

「還沒有……一個人去調查太危險了。」

以一個大男人說的話來看，這實在太窩囊了，可見他真的很害怕兇手。還是說因為嫌疑最大的結城不見了，因此感到不知所措呢。既然如此就兩個人一起去啊……話到嘴邊，烏有才反應過來。既然結城不在了，眼下就陷入了「農夫帶著一隻狼、一隻羊及一顆高麗菜渡河」的僵局。絕不能只讓狼和羊單獨坐在同一艘船上。輕舉妄動可能會提高自己遇害的機率。他們也充分理解到這點，所以才會提高警覺，一直待在客廳裡吧。然後耐著性子在等待著什麼。

「至少屋子四周都沒有發現他的蹤跡。」

「我不是要附和桐璃的說詞，但考慮到前天的事，萬一結城先生真的被殺了，應該會像水鏡先生的情況那樣、故意向我們宣示存在感不是嗎。」

「也有神不知、鬼不覺地殺人這種煽動恐懼的手段。」

派翠克神父這次又從相反的立場提出意見。他或許是想站在宏觀的角度發言，但過於冷靜且置身事外的語氣總讓人覺得很煩躁。這時，神父將十字架舉到眼前。

「無論如何，他應該不是出去散步。」

「這不是明擺著嗎。」

村澤心浮氣躁地用手指頻頻敲打桌面。一如冷戰落幕後一手包攬世界機關事務的美國，現在結城不見了，村澤似乎一肩扛起了現場的重責大任，緊張感想必非同小可吧。

「請不要生氣。假設結城先生是兇手好了，他為什麼要自己消失呢？這樣反而更可疑不是嗎。」

烏有說道。他的態度也跟剛才有點不太一樣，但顯然誰也沒有注意到。

「烏有～哥，你今天好像偵探喔。上次還一副抵死不從的德性。是因為發燒的關係嗎？」

桐璃在他耳邊低語。

「簡直判若兩人。」

「嗯。」烏有只漫應了一聲。雖然沒有說明理由，但理由再簡單不過。因為事情已經嚴重到由不得他再逃避了。既然無法指望警力介入，他也不能再跟以前一樣置身事外、不聞不問。為了自保，在船來接他們以前，即使不像正牌的偵探那麼厲害，也勢必得積極地採取行動。因為島上如今只剩下三個相關人士了。

就在這個時候……

放在桌上的玻璃杯開始發出聲音。起初隱隱約約地介於聽得見與聽不見之間。只有底部與桌面接觸的部分發出喀噠、喀噠的微弱撞擊聲。慢慢地，撞擊聲逐漸擴散到櫥櫃、葡萄酒瓶，此起彼落地響了起來，產生共鳴，開始演奏起規模宏大的不協和音。

匡啷！桌上的玻璃杯翻倒，滾了幾圈，掉在地上碎成一地。淺棕色的液體迅速浸濕了紅地毯。沒多久，整個客廳開始劇烈搖晃。

「地震！」

話還沒喊完，身體已經感受到天搖地動了。而且是非常大規模的震動……烏有想也不想就趴在坐在沙發上的桐璃身上，將其護於自己懷中。前震後，主震緊接而來。搖晃的程度就像設備老舊的柴油車正以不輸給新幹線的速度狂奔，從地板到沙發、一波接一波地襲向他們。

啪啦——伴隨著天崩地裂的巨響，落地窗出現巨大的裂縫，爬滿了無數蜘蛛網般的白線，隨即轟然破碎。宛如CG模擬畫面中素材鮮明破碎的模樣，還有幾塊碎片直接迎面飛來。芮氏震度七級？八級？不，這種冷靜的分析根本不重要。總之整個世界都在搖晃。玻璃破碎的聲音，還有櫃子裡的紅葡萄酒撞破玻璃櫃門、掉到地上的聲音，都讓地震的「恐怖」增幅了好幾倍。

桐璃驚聲尖叫，躲在烏有懷中。就連天不怕、地不怕的桐璃，看來也被地震嚇得不輕。由三條細細的鐵鍊吊起來的水晶吊燈在頭頂上畫著大圓弧，劇烈擺盪。孱弱的鐵鍊貌似隨時都要斷裂，從天花板上墜落。不，以搖晃的程度來說，在那之前，這棟房子可能就已經先倒塌了。

「烏有～哥，快想想辦法。」

「我哪有什麼辦法！」

烏有抓住沙發大喊。但嗓音卡在喉頭，無法順利地吼出來。

「是和音，這也是和音幹的好事。」

夫人抱住桌腳大喊大叫。發瘋似地一直跳針叨念著「和音」這個名字。神父和村澤也不忍心責怪她。不，是沒有餘力怪她。畢竟所有人都害怕得自顧不暇。

……
地震究竟持續了幾分鐘呢？五分鐘？還是十分鐘？
不，或許實際上並沒有那麼久，但這都是後話。即使理性很清楚地震不可能持續到地老天荒，但還是被絕望給追逐著。
所以地震結束之後，烏有仍僵在原地，好長一段時間都不敢妄動。他以渙散失焦的視線環顧室內。所有的人都有如驚弓之鳥，嚴陣以待可能再發生的餘震。
隨著時間經過而逐漸恢復冷靜後，判斷力也回來了，開始有辦法去理解周圍的慘狀。大部分的落地窗都成了散落一地的碎片，碎玻璃悽慘地散布在地毯上。好幾支酒瓶也都摔了個粉碎，葡萄酒和威士忌流得到處都是，瀰漫著令人感到嗅覺疲勞的酒味。就連三個月前去採訪的香水工廠都沒這麼嗆鼻。
接在夏之雪後面的是大地震嗎。簡直就是世界末日嘛。烏有心裡這麼想，而且不用問也知道，所有人的臉上都表現出相同的想法。
「來到島上以後發生了好幾次地震，但這麼大的還是第一次。」
村澤驚魂未定地坐起來，嘴裡喃喃自語。絕口不提和音的名字。
「或許會有什麼新聞報導。」
一直到現在都緊緊握著十字架不放的神父慢吞吞地起身，打開電視。饒是神父也無法再保持鋼鐵般的冷靜。但映像管沒有任何反應，畫面一片漆黑。按了兩、三次開關都沒有任何變化。原本還以為是遙控器沒電了，可是改按電視機的電源總開關，結果還是一樣。

「插頭呢？」

「插著。」

「那就是故障了。」

神父十分遺憾地仰望天花板，水晶吊燈的燈光也熄滅了，整個房間轉變成黃澄色。還在微微晃動的碩大燈泡完全不亮。

「可能是停電了。」

大概是因為剛才那場地震吧。

「其他房間呢。」

話還沒說完，村澤已然衝出客廳，但幾十秒後就回來了。

「全部都不會亮。肯定是總開關故障了……但願不會太嚴重。」

「我們該怎麼辦。」

夫人發出悲痛的喊聲，一臉禍不單行的神情。烏有則是感到謝天謝地，幸好現在不是晚上。要是整棟房子都籠罩在黑暗裡，驚慌的程度可不是只讓村澤夫人呼天搶地那麼簡單。這支脆弱的群體可能會全軍覆沒……更何況，烏漆墨黑又不能洗澡的話，桐璃大概會抱怨個沒完。

「我去看看配電箱。如月老弟跟我一起來吧。」
村澤勉強打起精神，以冷靜的態度向烏有招手，再次準備離開客廳。手中還拿了支手電筒。
「請各位待在這裡，可能還會有餘震。小柳，這裡就拜託你了。」
「我們要去哪裡？」
村澤小跑步穿過走廊，烏有跟在他背後問道。村澤回答：「去地下室的發電室。」
「地下室有發電機嗎？」
雖然聽了很訝異，但仔細想想也不難理解，要是特地挖一條海底電纜通到這座島上未免也太瘋狂了，不如設置發電機還比較便宜又合理。
「你說的地下室是那個地下室嗎？」
烏有想起前天安放水鏡屍體的地方。時值盛夏，即使是地下室也會充滿腐爛的屍臭味吧。
「不同的地方。」
村澤似乎察覺到他在想什麼，平鋪直述地回答。就跟他說的一樣，今天走的樓梯和前天不同。樓梯的燈果然也熄滅了。階梯的橫幅還挺寬的，而且樓梯整體也比較長。這也難怪，發電室需要較大的空間，因此設置在比儲藏室更裡面的地方。但寒涼的溫度與拂過背部的空氣、特有的臭味都差不多。讓人不想久留。
樓梯盡頭有一扇漆成青綠色的鐵門，沒有上鎖。旁邊掛著已經鏽蝕成土黃色的大鎖，看來已經許多年沒用過了。

「萬一發電機故障就慘了。到時候可就真的束手無策了。」

村澤沒反應，大概是怕一語成讖吧。烏有對自己的輕率感到後悔莫及。

幸好一切只是杞人憂天。連髒兮兮的採光窗都沒有、堪比暗室的地下室中，發電機（在工具散亂一地，充滿油耗味與摩擦熱的環境下）被安裝在鋼鐵製的黑盒子裡，正轟隆作響地以一定的速度完成自己的使命。看樣子發電機沒有問題，可能是接觸不良吧。

「看起來好像沒事。」

村澤一副鬆了口氣似地看向烏有。但就算發電機本身沒問題，要是線路在中途斷掉的話，外行人還是不會修理。

村澤盯著發電機看了好一會兒。不是理工科畢業的他，除了看看之外也沒有其他更有效的方法。但他小聲地冒出一句：「不是這裡嗎？」接著走向配電箱。

「你知道原因出在哪裡嗎？」

烏有在黑暗中滿心不安地問道。不知是否沒空搭理他，村澤並未回答。

「這是我的猜測，我想這起地震會不會只發生在這座島上。萬一其他地方也同樣發生了地震，以剛才搖晃的震度來看，規模一定很大，應該會引起大規模的海嘯。」

以前曾經聽說智利的地震在三陸海岸造成了大海嘯。人們還在車站等建築物留下了標記海水淹沒高度的記號，可見真的很高。連發生在地球另一頭的地震都能帶來這麼大的影響，以剛才的震動來說，如果震央就在附近的話，海面不可能這麼平靜。第六感告訴烏有，就算整棟大宅都被海浪沖走也不足為奇。

「這座島真的有點古怪。」

「或許是吧。」

「這座島到底發生了什麼事？」

一個人被殺了，另一個人如今又下落不明。要問這座和音島究竟出了什麼事，除了多此一問以外什麼也不是。烏有無法不認為這一切都是從另一個次元、由一股不可思議的力量在他們看不見的地方推動著。硬要說的話，可能是「神」之類的力量。

「……如月老弟。」

「什麼事？」

村澤的聲線出乎意料地緊繃，喚起烏有的不安。莫非真的修不好嗎……

「弄不好嗎？」

烏有急忙衝上前去，不料看著配電箱的村澤給出意外的答案。

「不是，根本沒有故障。」

「沒有……故障？」

「嗯嗯。電源總開關並沒有故障。只是總開關跳掉而已。」

村澤說完，把變電箱的把手往上扳。不一會兒，地下室的照明就發出微微的紅光。雖然油耗味依舊撲鼻而來，但室內的感覺似乎比剛才寬敞了一點。

「這樣大概就沒問題了。」

與此同時，客廳裡的水晶吊燈和電視機應該都已經恢復生氣。最糟糕的情況似乎過去了。

「嚇死人了，原來只是斷路器跳掉。可能是地震導致短路，所以自動關掉了。」

「怎麼可能。」

村澤表情僵硬地予以駁斥。一副要宣告判決的樣子。

「不是斷路器跳掉。斷路器沒有問題，是電源總開關。你認為這麼大的開關會自己往下掉嗎？」

「你是說……」

烏有馬上理解他想說什麼了。

「開關是被某人關掉的。不是在地震發生時，就是在地震發生後。」

「當時大家明明都在客廳裡。」

烏有立刻想起前天聽到的琴聲。這次關掉開關的大概就是那個彈鋼琴的人，那個在和音唱魏本的歌曲時幫忙伴奏的人。除了他們以外，這座島上還有第七位訪客……

「和……不，可能是結城。」

村澤有如啞巴吃黃蓮般喃喃自語，然後催促烏有：「走吧。」

「可是，為什麼要這麼做？」

「不知道。我也不希望是結城……不說了，如月老弟，這件事可以不要告訴其他人嗎？我不想再引起沒必要的混亂。」

村澤一臉認真地懇求。

「……好吧。」

不確定村澤是否真的懷疑是結城幹的好事（至少烏有不這麼認為），但不管兇手是誰，無疑都正在享受著目前的事態。第七位訪客開始慢慢現形了。這也是最能有效煽動恐怖情緒的方法。他（暫且假設是**他**好了）可是擁有大膽的行動力，即使在意想不到的地震發生時依舊有那個本事跑來動手腳的人物。

簡直是膽大包天，烏有覺得好害怕，感覺不只那群人，就連自己都被看透了。

3

「所以，你的意思是還有另外一個人？」

桐璃一臉驚訝地反問。村澤雖然下了封口令，但烏有認為還是告訴桐璃比較好，所以他擅自解釋成封口令只針對神父和夫人。內心或許是希望桐璃能對新出現的外敵抱有更明確的危機感。而且……這個問題已經大到無法由烏有獨自抱著這個祕密了。好想找人商量……受到這樣的衝動驅使也是事實。

「不是結城先生嗎？」

事到如今，繼續假設結城躲在屋子裡捉弄、嘲笑他們或許已經是不切實際的想法。因為這樣結城等於是不打自招，承認自己就是兇手。

「大概。」烏有躺在床上點了點頭。感冒已經好轉到不必一定要躺著靜養的狀態，但桐璃實在太吵了，烏有不想與她多費唇舌。畢竟還沒完全康復，躺著還是比較舒服。至於桐璃，完全就是活力充沛的象徵，與穿著睡袍的烏有呈現對照。身上是同樣印有EVE商標但顏色不同的T恤和水藍色背心。輕便的裝束很方便活動。姑且先不論入夜以後，但白天的時候幾乎已經不受寒流影響了。

「那會是誰啊？」

桐璃像是在問自己似地凝視著半空中。沒多久後，她豎起食指。

「是武藤先生嗎？」

「不太可能吧。比起武藤先生……」

「和音？」

烏有曖昧地點點頭。絕對不是認為和音甦醒還是復活了，但是，假如她根本就沒有死呢……畢竟沒有發現和音的屍體。直到昨天都還只是天馬行空、不當一回事的想像，感覺也隨著今天發生的事開始浮現清晰的輪廓。

「和音啊……她還活著嗎？可是就算還活著，也已經是個大嬸了。」

或許是察覺到與偶像時代的落差，桐璃失望地喃喃自語。簡單計算一下，和音今年應該有三十七、八歲了。要稱之為大嬸感覺好像也沒那麼老，但是看在十七歲的桐璃眼中，大概只能用大嬸來形容吧……儘管上了年紀仍風韻猶存的女明星多不勝數，但昔日那種鮮明強烈的生命力，以及肖像畫呈現的那種唯有成熟少女才有的獨特妖嬈，可能都被歲月磨平了。

總而言之，不知從何時開始，桐璃也直接喊「和音」的名字了。或許在桐璃心中，和音也從一個人昇華為一種概念了吧。

「那結城先生到底上哪兒去了呢。」

語氣流露出濃得化不開的悲觀。如果是平常的桐璃，肯定會口無遮攔地嚷嚷「一定是被殺死了啦」，今天卻像是要悄悄地把這句話留在心裡，經過咀嚼後再吞回去，真不可思議。莫非連桐璃也被大宅內的氣氛給壓倒了嗎？

烏有心不在焉地望向桐璃靠在窗邊的身影。或許是因為有陽光的加持，挺起胸膛、把玩著隨風晃動的蕾絲窗簾的桐璃看起來有點透明。在此之前的那種壓倒性的存在感似乎正在變得寡淡。烏有自己也發生了這樣的變化嗎？還是只發生在桐璃身上呢？宛如太陽的桐璃，現在被太陽壓制住了。

還是被傳染感冒了？烏有不禁有些擔憂。

「我猜……」

「你猜？」

「不。」烏有搖頭。「沒什麼。」

「不過，會不會是村澤先生設下的陰謀？」

「村澤先生？」

桐璃「嗯、嗯」地點頭，然後坐在關上的窗子那一側的床邊。

「事先做好關掉發電機的裝置。像是用遙控器操縱之類的。然後趁著跟烏有哥一起去地下室的時候拆掉裝置。這麼一來，不是一下子就能製造出還有另一個人的假象嗎。」

「原來是這樣啊。」

因為停電讓發電室陷入一片漆黑，只有村澤的手電筒是唯一的照明。就算真的有這樣的機關，烏有大概也不會發現。如果他拆掉機關的動作很快，烏有大概也不會知道。問題是……

「可是村澤先生不可能預測到會發生那麼大的地震吧。」

「我說你呀……」桐璃有些傻眼地看著烏有。「與地震無關吧。只要趁大家都在的時候突然關掉總開關就好了。只是剛好發生那麼大的地震，幸運地搭了一程順風車喔。」

姑且不論村澤是否在內心深處高呼「太幸運了」，但這確實也是一種可能性。地震將不安與恐懼的效果放大到淋漓盡致，但就算沒有地震、只有停電的話也能充分讓人懷疑有第七號人物存在。

「桐璃真聰明啊。」烏有坦率地表現感歎。

「你現在才知道喔。」桐璃有些害羞。「說不定他是為了讓大家以為是結城先生幹的好事。」

「所以才藏起結城的屍體嗎。」

「這我就不知道了……或許是吧。」

但烏有總覺得這種手法過於幼稚且欠缺周詳。就如同桐璃剛才的推理，這麼一來也會增加自己被懷疑的危險性。村澤會冒這麼大的險嗎？而且有必要冒這麼大的險嗎？

「那他為什麼只讓我知道，又不讓我告訴別人？村澤先生對我下了封口令，要我別說出去。」

「因為他覺得烏有~哥口風不緊吧。你不就告訴我了嗎。也可能是認為比起自己逢人就說，從你的口中聽到還更能讓大家信服。」

「胡說八道。」

烏有自覺受辱，把臉撇向一邊。他確實告訴桐璃了，但他可不是口風不緊的人。這個誤會太大了。假設村澤真的為此才只讓自己看到那一幕，認為要是有一個外部第三者在的話……但，為什麼只讓自己知道呢？烏有覺得很混亂。

村澤確實在期待什麼。問題在於，那是什麼？他對鑽牛角尖的烏有究竟有什麼期待？這次是為了誤導烏有，還是打錯算盤？村澤到底有什麼目的？

當然，以上是建立在桐璃的假設正確這個前提之下。如果是為了假設而假設，一切都會亂了套，烏有甚至無從判斷哪個前提才是對的。

「烏有~哥，你睡著了嗎。」

因為他一直面向旁邊，動也不動，桐璃有些在意，便試探性地喊了他一聲。

「沒有，我沒睡喔。不過有點睏。」

「這樣啊。」

桐璃自討沒趣地嘀咕，聳了細緻的肩膀。

「那我回房了。啊，不用擔心，我不會再一個人學偵探辦案。」

真懂事啊。驚訝的烏有從床上目送她的背影離開。

剩下他一個人、被寂靜給籠罩之後，至今一直壓抑在內心深處的「各種想法」也一一浮上心頭。先不提那個一直讓他苦惱、感到困擾的青年，他想好好梳理一下來到這座島上之後遇到以及觸發的各種狀況。有沒有忽略什麼重大的線索呢……為此飽受源源不絕的不安折磨。幸好足以癱瘓思考能力的高燒已經退了。他躺在床鋪上，恣意伸展手腳，重新蓋好棉被後就盯著天花板瞧。形狀依舊歪七扭八，但天花板本身是平坦的。烏有拉正枕頭，耽溺於久違的沉思。思考著各式各樣的問題……

4

夜幕低垂，眾人吃了簡單的晚餐。餐廳的窗玻璃也跟客廳一樣破掉了，所以關上了擋雨窗。餐桌上的氣氛也因此比昨天更加沉悶。

晚餐後，烏有獨自前往屋頂上看星星。來到這座島後，已經在屋頂上看過幾次大海和天空，但這還是第一次欣賞夜空。星空低得彷彿伸手就能碰到、彷彿隨時都會墜落……形容詞琳琅滿目，可是這片位於日本海海域上空的滿天星斗看在烏有眼中，其廣大無邊、光輝燦爛的程度根本不足以用那些陳腐的詞彙形容。

在這條銀河中，哪一顆是烏有的星宿呢。是光線微弱到隨時都要消失的六等星，還是在大熊星座的尾巴旁邊眨著眼睛、不屬於任何一個星座的孤星呢。

不……在晚風的吹拂下，他重新整理思緒。大概是如今已經沒有實體，只剩下空虛的光芒、只剩下數百萬年前的光芒投射在我們眼中的哀星吧。早在遙遠的上古即已消滅，僅有光芒孤獨地繼續運行幾百萬光年的距離，只為了展現過去的身影、只為了告訴世人曾經有過這樣的星體存在，一顆不知是基於什麼因果，在烏有眼裡留下虛像的星星。

……這點不只是自己，也很像和音吧。烏有心想。

或許是在城市裡無法看到、在整片範圍內都有星辰不斷閃爍的澄澈夜空讓自己這麼想的吧。他發現自己沉浸在有幾分自虐、從未有過的酸甜感傷裡。真想把床搬來這裡，躺在床上、伸長手腳、好整以暇地欣賞滿天星斗。剩餘的三天什麼都不想，不被那些事給束縛、將一切都忘記……但這是不可能的。烏有抱著不會實現的願望，閉上雙眼。

或許真有所謂的繁星呢喃。光是閉上眼睛，在黑暗中豎起耳朵，就能聽見與日常生活中充斥於自己周遭的音色有所不同的聲音。雖然絕不容許，也絕不願承認，但「無所謂了」這種不負責任卻又強而有力的心聲，也夾雜在海潮輕撫著虛空的聲音裡傳了過來。不管是誰被殺害、誰痛下殺手、或者是殺了誰，他都不想管了……或許真的是繁星的低語、也或許只是藏在烏有內心深處的渴求有如鏡子般被反射出來了吧。

「你也來看星星啊。」

回頭一看，派翠克神父的身影出現在門口。逆光的月色在神父腳邊篩落細微的陰影。神父慢條斯理地走來，然後握住烏有旁邊的扶手，眺望長空。

「夜晚的星星真美呀，看起來像是全都被洗滌過一番。」

「嗯。」

烏有略顯緊張地附和。

「這些一閃一閃的光輝都是上帝的眼睛，正看顧著我們。也看顧著水鏡先生和結城先生。」

他的意思是說，也目睹了水鏡和結城被殺的場面嗎……是「神」看到了？還是這位神父？

「關於前天的事，我想請教你一些問題，可以嗎？」

神父沒有回答，但也沒拒絕。大概是「請說」的意思吧。

「『和音』與『立體主義』有什麼關係？我個人是覺得正好相反。」

「怎麼說呢？」

神父饒富興味地瞇細雙眼。

「據神父前天所說，你們在和音身上追求的是絕對的東西，但是提到立體主義時，你又說科學讓一切相對化。而立體主義也具有相對化的本質。這兩者要如何兼容並蓄呢？」

「立體主義的本質在於對象的絕對化喔。」

「絕對化？」

「如同我上次所說，立體主義的繪畫基本上是從利用光讓一切變得相對化的科學中誕生的技巧。但唯獨其中心無法相對化。這是因為立體主義的還原，也就是所謂『展開』的方法是由中心擁有的『本質』來決定的。」

「……」

結城給他的書上也提到類似的概念，但烏有連這個部分都看不懂，神父的話就更難懂了。

「因為立體主義繪畫不像科學那樣可以藉由公式及法則加以統一，而是擁有各種角度的見解，透過捕捉核心對象的方式，可以產生多樣性的變化。」

「可是……」

「『展開』的外部方式是一樣的。差只差在碎片不同銜接面的細微差異與互相銜接的關係。那是藉由還原或展開的順序來表現，整張畫布都受到上述擾動的支配。問題是那些擾動又是怎麼來的呢？」

「是由對象造成嗎？」

「沒錯。描繪的對象──也就是核心的部分規定了一切。沒有跟上相對化的浪潮，成為特異的存在。就拿這片星空來說好了，所有的星星、所有的星座看似都均衡地分配、運行，但小熊星座的尾巴其實是繞著北極星運轉。」

神父仰望夜空。看著遠在四百光年外的北極星……當然，這只是一個比喻，遠古的北極星與現在的北極星並不是同一顆星星，兩者在本質上毫無關係。但烏有也因此不想全面認同「絕對」的觀念。

「只有這個核心掌管著一切的背景——經由科學分析，均衡呈現的背景。」

「意思就是，那就是所謂的『絕對』嗎？」

「斷開的面與面之間細微的『擾動』……相對於不斷向上堆積、推升的背景，擾動是沉澱、上浮，互為對照，但如何規定上述的『擾動』，端看畫家在對象身上找到的本質，亦即起點。」

「但這樣不是頗為主觀嗎？」

畫家要怎麼掌握對象物，完全是畫家本人的主觀意識，而不是「絕對」這種超然且固定的概念吧？即使是那本書也沒有提到這個部分。

「主觀與客觀的超越……『神』就存在於那裡。你能理解嗎？客觀＝科學讓一切相對化，主觀＝規定則要求絕對化。將這兩者巧妙昇華的畫＝立體主義繪畫，這才是能表現『神』的東西。現在你明白我們為什麼會說和音是『神』的象徵了吧。我們經由上述的過程創造出『神』。經由主觀與客觀的衝突。而這種『運動』本身就是所謂的『神』。」

總覺得有點詭辯的感覺。

「那麼和音之所以為『神』的原因是？」

「光靠和音一個人無法變成『神』。過去的認知經常把『神』視為某物，這點簡直大錯特錯。隨著我們進行還原、『展開』的作業，和音才真正『變成「神」』。」

「也就是說，你們在這座島上創造出和音＝『神』嗎？」

「由立體主義的還原帶來的『展開』，『展開』的自身即為『神』，絕對不是以造『神』為目的或結果。」

「那麼身為基礎的和音又是什麼樣的存在？就算不是和音，任誰都可以嗎？」

「正好相反喔。」

神父冷靜地說道，彷彿要削弱烏有至今的氣勢。

「相反？」

「『和音』具有『應該受到規定的核心』這層意義。那不是『神』的一切，而是屬性的一部分。」

烏有感覺腦中一片混亂。他並非不能理解不得不視「神」為某物的觀點。過去有許多宗教就是因為這樣而才對該如何說明「萬物歸一」的概念感到苦惱。然而「展開」＝「運動」才是「神」的公式愈來愈難以讓人理解了。諷刺的是，這其中難道沒有受到當時席捲全球、令神父避之唯恐不及的馬克斯思想的影響嗎？

「那麼，這座島就是畫布嗎？」

「不是。」神父微微一笑。

「畫布是我們居住的世界——也包含精神世界在內。說得淺白一點，物理法則是『展開』的一般法則，『擾動』則是依對象形成這個世界的固定法則。而這座島只不過是以『核心』為『對象』的場所罷了……雖然我們失敗了……」

失敗？他是指和音的死亡嗎？

「你們在這座島上的共同生活都做了什麼？」

「當然是『展開』啊。」

意料中的回答。但這到底是什麼意思，烏有沒有半點具體的概念。如果是畫就算了，但真宮和音是活生生的人，活生生的人要如何被「展開」呢。他們二十年前應該在這座島上實踐了他們的理論。

「賦予她身為人類的屬性。」

「身為人類？」

這次是意料之外的回答。

「沒錯。就像立體主義繪畫的對象即使成為『核心』、融入了周圍也會繼續保持其絕對性那樣，我們切斷和音身為人類的一切行為，再以和音為中心進行縫合，讓和音也能進行身為人類的還原，亦即『展開』，使得她能夠作為跨越一個絕對次元、屹立不搖的人類。」

「意思就是……」烏有迅速地轉動腦筋。「演唱魏本或荀貝格的藝術歌曲、跳舞、描繪立體主體的畫，全都是那些行為的碎片嗎？」

和音在最神聖的場所底下的另一個房間，也是和音這個「神」身為人類的居所（這也是碎片吧）嗎？

「沒錯。只是一個一個取出構成人類行為的要素，讓和音身為人類的形象更純粹、更具體化。你聽到我們與和音在這座島上生活的情況時，也覺得很難捉摸，不容易產生一個完整的形象吧。這點剛好跟新手欣賞立體主義繪畫時的感覺如出一轍，將和音每一面的行為一一裁斷、抽出，使其各自獨立，再以乍看之下難以理解的結合力重新縫合、串連起來。」

「可是選擇要結合哪些碎片的人並不是和音，而是你們不是嗎？」

「是這樣沒錯。」真是意外，神父坦白地承認了。「『神』只會出現在追求『神』的人面前。基督教世界有一句很有名的話是『話與神同在』，指的就是這個意思。對於那些對『神』沒有追求、沒有概念的人而言，『神』的身影是不存在的。」

當然他所謂的身影也只是一種概念，並非真的是以人形的姿態現身吧。但他們實際上也需要這個名為「真宮和音」的偶像。這時烏有突然產生一個疑問——尚美為何會成為和音的信徒呢？其他人都是男人，所以大概是在想像「神」的時候本能地選擇與自己不同性別的女性型態。但尚美身為女人，為何會對信奉和音為「神」產生共鳴呢？是受到哥哥武藤的影響嗎？

「和音應該因此成為『神』的。」

神父截至目前為止的進攻氣勢突然消失了，潛藏某種憂鬱的陰影。這時烏有突然想到這已經是二十年前的往事。想起應該成為「神」的和音已經死了。

「……只可惜，我們失敗了。」

拍打肌膚的風勢變強了。長袍的下襬劇烈地迎風翻飛。

「……變冷了呢。」

神父留下這句話便轉身離去。烏有從他的背影看到了失敗者的幻影。神父是因為造「神」失敗才因此改宗的嗎？但不知怎地，除了失敗者的幻影之外，烏有也隱約在神父身上看到挑戰者的影子，真不可思議。

5

村澤發現安置在地下室的水鏡遺體不翼而飛，是在那之後又過了一段時間的事。

那時他懷疑結城的屍體是不是也藏在這裡（烏有完全沒想過這個可能性），於是用手電筒照亮地下倉庫，才發現瀰漫黴味的狹小倉庫裡只剩下染得黝黑的水泥牆，別說是結城了，就連水鏡的無頭屍體都跟包裹他的窗簾一起消失得無影無蹤。倉庫沒有上鎖，所以任何人都能隨意進出。畢竟直到屍體消失之前，誰也不會想到必須為安置屍體的地方上鎖。當初是由烏有與村澤合力搬運，所以不確定屍體正確的重量，但是再怎麼樣也不可能在光天化日之下堂而皇之地偷走屍體，所以恐怕是昨天晚上漏夜摸黑搬運。

沒有人知道這件事與結城的失蹤有沒有關係，就算知道也不會說出口。為何要帶走屍體？沒有人能回答這個問題。

「如果是同一個犯人所為，為什麼要去回收一度棄置的屍體呢？雖說可以趁著深夜動手，但眼下所有的人都提高警覺。不惜冒這麼大的風險，肯定有必須這麼做的理由……」

村澤以苦澀又沉重的語氣問道，可惜沒有人能回答他的問題。但這裡面至少有一個人知道答案。烏有一邊心想、一邊在這個如今已逐漸變成臨時集會場所的一樓客廳窺探每個人的表情。

「有什麼理由……」

過了一會兒，村澤夫人喃喃自語。尚美憔悴的程度簡直慘不忍睹，下午得知結城不知去向時，大家就擔心她可能會昏倒，現在不管是精神上還是肉體上都比下午更衰弱了。不免擔心是否光是一陣風吹來、光是一根針掉在地上的聲音就足以令她精神崩潰。

「只有一個理由。」

聲音極其微弱，烏有得豎起耳朵才能接收到。而村澤聽到這句話，耳根子都紅了，以嚴厲中不失溫柔、也不失憐憫的眼神看了夫人一眼，大聲喝斥：「尚美！」

烏有提心弔膽地望向桐璃。幸好桐璃沒有粗線條到去追問那是什麼意思，暫且鬆了一口氣。桐璃大概也累了，平常引以為傲的活力現在看上去有些不足。

尚美愣了一下，回過神來才意識到自己失言，無精打采地把頭低了下去。然後開始嚶嚶哭泣。壓抑的啜泣聲迴盪在客廳裡，讓眾人萎靡不振的情緒更加低落。這時村澤把手放在妻子的肩上。

「我明白妳的心情……」

如果他們還相愛、還互相信賴，這句話肯定非常感人。然而事到如今，就連安慰的話語聽在尚美耳中也只是一堆單字的排列組合，或是反過來充滿嘲諷的意味。與烏有落榜時同學們安慰他的話語差不了多少。

「是嗎？」

儘管還帶著啜泣聲，但尚美的語氣冷若冰霜。

「我真的明白，尚美。」

村澤又重複了一遍。

「你明白的只有那個人吧……」

尚美柳眉倒豎地回瞪村澤，逐漸換上死心的表情。她口中的那個人大概是指和音。是考慮到烏有和桐璃也在場，所以才沒指名道姓嗎？昨晚她和結城也有過大同小異的對話。村澤和結城口口聲聲把「尚美、尚美」掛在嘴邊，但尚美似乎認為他們最在乎的還是和音。結城暫且不提，如果在結縭二十載的村澤身上看到一個仍在追逐和音的身影，就算只是一閃而過，也會讓人感到一敗塗地的屈辱。就如同烏有忘不了那個青年，村澤他們大概永遠也無法將和音完全埋葬。

烏有突然想起尚美說過，她二十年前來這座島是因為「無法相信」。

「二十年前也是，自從那個人不在了，你就要我代替那個人……因為你認為那個人遲早會回來。你知道我這二十年來是怎麼想、怎麼過的嗎？你是為了什麼選了我的？」

「不是妳想的那樣！她已經不在了。但我選擇妳並不是因為她不在！她不過就是個契機。」

「我受夠這些藉口了。」

「不是藉口。我放棄和音，選擇了妳。」

「你說謊。」

尚美失聲痛哭，將臉埋進放在旁邊的抱枕。這種情況下，無論村澤再怎麼努力想要說服她，言語都起不了任何作用。

「走吧，桐璃。」

沒有辦法，烏有只好帶著桐璃靜靜地離席。若繼續待在已經逐漸失去理性、只剩下長吁短嘆的現場，或許能掌握到什麼重要的線索也不一定。但烏有已筋疲力盡，再也沒有足以承受這種氣氛的執著與活力了。感到疲憊的不只那些人，烏有自己也好不到哪裡去。

「愛不是一個人就能建立的關係。」

背後傳來派翠克神父的自言自語。但是撇開聖經裡寫的「話語」和對信徒們宣揚的「話語」，這位神父真的知道什麼是「愛」嗎？——烏有認為答案是否定的。

6

烏有又翻開亨利希的《立體派的奧祕》來看。總覺得必須要更深入地理解神父說的話才行，為此只能一再重看這本書。

然而，即使看到第二遍，還是連一半都無法理解。盯緊每一個鉛字，當下覺得自己好像懂了，但是看完一整章以後，想重新咀嚼、反芻時，不是記憶七零八落、就是只剩下鉛字羅列的印象。誰叫他本來就缺乏對繪畫的基礎知識呢，而且也不是那種理解力或記性優異的人。這也是他去不了東大理Ⅲ[11]的原因。但是都到了這個節骨眼，還要逼他再次面對這個事實，不禁覺得為此感到自憐自傷的自己還真是沒出息。

儘管如此，他還是鍥而不捨地看到了夾著書籤的前一頁。這時響起了敲門聲，村澤走了進來、一臉走投無路的神情，讓人聯想到面對癌症患者的主治醫生。當他看到桌上這本立體主義的書，似乎有些如釋重負地呼出一口氣。

「你果然注意到了……真了不起。」

既不是諷刺，也沒有動怒，而是打從心底感到佩服的樣子。他大概還不知道是神父把立體主義的事告訴烏有的。

「不愧是聲名遠播的偵探啊。」

「偵探？」

烏有忍不住反問。村澤確實說了「聲名遠播的偵探」。儘管並非出自於他的本意，但烏有確實不得不模仿偵探辦案。問題是那句聲名遠播是什麼意思？

「我不明白你這句話的意思。」

「事到如今就別再裝蒜了。」

村澤嘴邊浮現一抹微笑，走向烏有。樣子活像是個想表達自己早已看穿一切的敲詐者或名偵探。因為對方的自信都快要滿出來了，烏有只好慎重地詢問：

「裝蒜又是指？」

村澤顯然是覺得烏有到了這種時候卻還在硬撐，皺起了眉頭。

⑪東京大學理科三類，被喻為日本大學最艱難的關卡。在每年招收3000人的新生之中僅占了100人的名額。在之後升上同校醫學院的110個名額中，分配給理Ⅲ、理Ⅱ、全科類的募集名額分別為100、8、2。亦即想就讀東大醫學院，考上理Ⅲ幾乎可說是必備的前提條件。

「我從一開始就知道了。你是京都赫赫有名的名偵探。」

「我嗎？」

意想不到的話語嚇得烏有把椅子拉遠，打算與村澤保持距離，好保持冷靜。但心裡其實也有一點頭緒。京都確實有個大名鼎鼎、名叫「木更津悠也」的名偵探。這個人在這數年間似乎協助警方偵破了許多棘手的案件。在京都算是家喻戶曉的人物，經常可以聽到他的大名。烏有名字的讀音「Kisaragi Uyu」與對方的「Kisarazu Yuya」——寫成漢字完全不一樣，但發音卻有些雷同。那個偵探年近三旬，比烏有大了快十歲，可是看在村澤眼中或許同樣都屬於年輕一輩吧。而且村澤家住橫濱，如果只是在橫濱那邊聽說「京都有個既年輕又優秀、名叫木更津悠也的偵探」，會因此搞錯也不是不可能。尤其是在如此希望能有偵探出馬、已經快要束手無策的當下。這麼說來，半年前進行採訪時，受訪的人也興致勃勃地問烏有：「您是那位有名的偵探嗎？」

「……這樣啊。既然你已經知道了，那也沒辦法。我的確是偵探。」

烏有裝模作樣地抱著胳膊，裝腔作勢地回答。村澤露出「我就知道」的表情，伸出手想跟他握手。態度與昨天截然不同，擺出一副生意人對顧客的殷勤態度。

烏有決定任由他繼續誤會下去。仔細想想，前天村澤之所以帶烏有去水鏡的房間，昨晚又詢問他的意見，想必都是基於這個誤會。他誤以為烏有是那個出名的偵探。要是現在解開他的誤會，肯定無法再像前天那樣想做什麼就做什麼了。更重要的是，他對烏有的信賴是建立在「名偵探」

的頭銜之上，要是失去這個頭銜，想也知道會立刻受到村澤的懷疑、被拒於千里之外。拜木更津悠也這位名偵探的金字招牌所賜，原本應該受到懷疑的烏有和桐璃都被排除在嫌犯名單之外。至少村澤是這麼想的。因此在島上的期間最好還是繼續偽裝下去，方為上策。

「可是你為什麼會到這裡來呢？」

「……」

烏有故弄懸虛地聳肩，不回答這個問題。想也知道是因為答不上來。

「是水鏡先生委託你什麼嗎。」

村澤說他「從一開始就知道了」。也就是說，打從在舞鶴打招呼、搭乘同一艘船來島上的時候就已經知道了嗎?站在持平的角度思考，當時他就認為烏有是偵探了?之所以會產生這個誤會，無非是有什麼不想讓偵探知道的事。換言之，村澤肯定做了什麼虧心事，才會如此在意偵探的存在。而那件事不僅嚴重到會讓水鏡必須委託偵探調查，而且調查的結果可能也會對村澤（等人）不利。

這大概是村澤找上烏有一起到處檢查每個房間的第二個原因。一方面想讓烏有認為他和自己站在同一邊，另一方面也想刺探烏有到底知道多少。他與水鏡之間有什麼矛盾嗎?當然，烏有不可能知道他們的祕密。水鏡既沒有委託他任何事，他也不是聰明絕頂的偵探。只是必須極力避免村澤知道真相而已。

「不，具體來說不是。我只是從他的字裡行間推敲出一些端倪。我反倒想請教村澤先生有沒有什麼頭緒。水鏡先生真的是他殺嗎？」

烏有模仿電視劇裡的名偵探，有樣學樣地照搬偵探可能會說的話。因為沒有功底，就連自己都覺得很淺薄。

「可以把你知道的事告訴我嗎？關於和音與武藤先生，還有他們和立體主體的關係。」

這次說不定真能問出些什麼。烏有有這種預感。採訪過幾次之後，多多少少能判斷對方想說些什麼。村澤在床邊坐下，沉思了半晌。看來是在絞盡腦汁地思考能透露到什麼地步、還有可以放心地說出來嗎。

烏有也不催他，坐在椅子上靜靜地等村澤開口。窗外一片漆黑，但距離就寢還有很多時間。這次能得到愈多成果，平安度過剩下三天的可能性就愈高。

然而……期待落空，村澤的結論依舊是「NO」。即使在名偵探木更津悠也的追問下，村澤似乎還是堅定地認為還不到時候，頑固地、愁眉苦臉地搖頭。這種矛盾的態度讓烏有確定背後一定有什麼驚人的祕密。他放棄再往下追問，嘆了一口氣。

「那好吧。」

他故意表現出寬容的態度，換了換翹腳的二郎腿。村澤的誤會對他來說無疑是意外的驚喜。對桐璃而言也是……今晚有這些收穫就夠了。

7

「也就是說，烏有哥被當成名偵探了？」

桐璃哈哈大笑，豈止是笑得花枝亂顫，簡直是笑得連樹幹都扭來扭去。烏有不覺得這件事有這麼好笑，但他既沒有摀住耳朵，也沒有回嘴，因為就算回嘴，大概也只會換來加倍的嘲笑，所以烏有只是靜靜地等她笑完。而且自己竟然利用被誤認為名偵探的契機，順勢假裝是名偵探，他也認為這種舉動實在很瘋狂。就像童話故事裡蒐集其他鳥類美麗的羽毛，再插到自己身上的烏鴉一樣，不適合自己的偽裝只會醜態百出。如今在桐璃面前，烏有借來的羽毛全部脫落了，變回原本扭捏作態的自己。

「太猛了你！」

桐璃那笑到沒完沒了的笑聲活像是銅長尾雉背後拖著的長尾巴。甚至懶得伸手摀住張得老大的嘴，隔著白色洋裝捧著肚子、笑得人仰馬翻。這時她右手的銀手環都會亮晃晃地從烏有的眼前閃過，有如飛機掠過夜空的燈號。烏有壞心眼地想著，要是她看到村澤剛才真心害怕的表情，可能就笑不出來了吧。所幸她似乎也因此打起精神來了，與白天簡直判若兩人。這讓烏有如釋重負。果然超級球⑫還是要彈得愈高才愈顯得有精神。湧出清泉、結滿果實的綠洲，對這座島而言是必要的。

「所以呢，你有什麼打算？」

桐璃好不容易收起笑聲，興致勃勃地湊上前來。充滿好奇心的雙眼閃閃發光，似乎有什麼不懷好意的期待。

「還沒想到。」烏有不耐煩地回答。

「即使以為我是名偵探，村澤先生還是什麼都不告訴我。」

「我就知道……」

桐璃將大拇指貼著下巴，似乎在打什麼主意。可想而知，以桐璃的性子，才不管烏有內心有什麼矛盾、糾葛，肯定正在想有沒有什麼方法可以將這個天上掉下來的好機會運用到淋漓盡致。而且是烏有想破頭也想不到、效果絕佳的手段。

烏有看著掛在牆上、名為《和音》的作品。這幅畫中的和音與桐璃互為對照，給人有些陰沉的印象（主要是因為整體的色彩比較暗），服裝也是漆黑而非純白。由於是立體主義的繪畫，以烏有半桶水的鑑賞力，著實無法讓切割得支離破碎的碎片拼回對象物原本的模樣。但總覺得跟武藤筆下那幅掛在四樓的肖像畫有些異曲同工之妙。倘若如神父所說，對那幅肖像畫進行立體主義的展開，好像就會變成眼前這幅畫。那麼和音在描繪自畫像時，會不會是以武藤的畫當作參考，而非鏡中的自己？烏有腦海中浮現出類似對照鏡的畫面，揮之不去，同時想起即自、對自、對他這種老掉牙的哲思、但至今仍有看沒有懂的字眼。

或許是受到這種模糊不清的概念影響，眼前的碎片突然擁有神父提到的一定的規則，逐漸彙整成武藤筆下的「和音」。那位妖嬈的美少女、他們的「神」，其身影有如全像攝影般，在烏有的大腦中樞而非視網膜浮現出清晰的立體感。

那個模樣……未免也太像桐璃了。

烏有一時有些茫然失措。

「像這種時候，就這麼做如何？」

桐璃輕快的嗓音令烏有回過神來。

「烏有哥，你配合一下裝死，假裝被人宰掉。這麼一來，真兇肯定急壞了，因為他並沒有殺死你。而你之所以被殺，是因為名偵探知道得太多了。換句話說，名偵探知道兇手的真面目。但兇手明明沒有殺你，所以這時應該換個角度來看，是知道兇手是誰的人為了保護兇手而動手殺人。」

「然後呢？」

「兇手認為有人知道自己是殺人兇手，所以可能會因為疑神疑鬼而露出馬腳。然後就被本人桐璃小姐給逮住了。」

⑫昭和時代流行於日本孩童間的一種大小像是彈珠、彈性極強的橡膠小球玩具。

「原來如此。」聽起來似乎很合理，又似乎不太合理的策略。

「可是我實在不太想假裝遇害耶。」

烏有以不想攪和進去的口吻低語。當然這只是場面話，內心真正的想法其實是希望桐璃別以為事情與自己無關就淨出些餿主意。

「相信我，一定能成功。」

她對這個作戰到底是從哪來的信心啊。

「不可能啦。妳想得太簡單了。」

「事情就是這麼簡單。」

桐璃眉飛色舞地繼續遊說。不知是對自己的推理沾沾自喜，還是很高興能讓烏有左右為難……大概兩者都有吧。想也知道，烏有不可能讓自己陷入如此危險、一個搞不好就可能連自己都被捲入漩渦中心的情況，自然抵死不從。

「好可惜啊，難得有這麼好的機會。」

桐璃不依地噘起嘴唇。

「要是有個名叫舞奈桐璃的名偵探，我一定很樂意跟你交換。」

在桐璃的劇本裡，從沒有甘為綠葉的設定。萬一有人誤以為桐璃是偵探，她應該會逢人就暗示「我全都知道喔」，然後想方設法挖陷阱給別人跳。

「既然如此，妳不會跳出來宣布自己是和音就好了嗎。」

話一出口，烏有立刻就後悔了。就算再怎麼鬆懈，也不該輕易說出這種話。明明烏有無論如何都得排除桐璃是「和音」的這種情況，保護好桐璃才對……他努力不讓目光停留在動不動就進入視線範圍內的和音畫像上。

果不其然，桐璃琥珀色的眸子立刻為之一亮，驚覺這真是妙計。

「聽起來不賴。那麼就來試一下吧。」

「傻瓜。妳找死嗎。說不定妳會被推上『神』壇，從此再也不能離開這座島喔。」

「真是壞心眼。」

烏有的語氣或許過於強硬了點。桐璃不服氣地由下往上瞅著他。

「總而言之，最好還是避免再去刺激對方。因為他們現在已經陷入極度神經質的狀態了。」

「我也很緊張啊。畢竟死了兩個人。」

可是她看起來根本沒那種感覺。

「只要再忍耐三天就好了。大後天就會有人來接我們。」

烏有耐著性子說服她。萬一桐璃真的宣稱自己是「和音」，他們一定會硬要「展開」桐璃＝和音吧。而且會像二十年前那樣互相勾結、團結一致……烏有目前還不清楚「展開」到底是什麼意思，但完全就只有不祥的預感。

「對了，換個跟現在無關的話題。」

桐璃才不管他有多麼不安，一派坦然地算準剛洗好的黑髮已經半乾的時機，將頭髮在後腦勺紮成一束，接著把話題一轉。

「關於昨天提到的雙重人格。」

她切換思路的速度太快了，烏有一臉愕然地看著桐璃。雖說截至目前為止已經發生過無數次類似的狀況了，但烏有始終無法習慣她這種毫無關聯的突如其來。

然而，即使是這種束手無策的關鍵時刻，她仍對天外飛來一筆的事情充滿興趣。

「雙重人格是一個人的體內有兩個人格的意思吧。假如我是雙重人格，但是兩個人格地位對等的話，到底哪一邊才是真正的『我』呢？」

烏有覺得這個問題很奇特，稍微試著想了一下。恐怕桐璃體內的兩個自己都會在感到不安的情況下主張自己才是真正的桐璃。從這個角度來說，其實兩個桐璃都可以說是真正的桐璃。但應該也可以說比較厚臉皮的那個才是正牌吧。

基本上，許多情況下的多重人格，多半是純粹表現出本人的願望。但是如果「真正」這個詞彙的定義是指周圍和社會所認識、容許的桐璃，那麼大概又會產生不同的解釋了。

「兩者都是真正的桐璃吧。」

烏有不是專家，只能信口開河地回答。或許是不滿意太過理所當然的答案，桐璃露出不敢苟同的表情。

「那，假如有兩個『我』的話，烏有哥會怎麼辦？」

不懷好意的眼神。這種問題怎麼可能答得上來呢，於是烏有只能語帶保留地回答：

「不怎麼辦，跟我又沒有關係。」

「是嗎？我變成兩個人了耶。」

像是要從烏有口中問出某種答案，死纏爛打地追問。烏有毫無頭緒，她要尋求的到底是什麼呢？再說了，他怎麼也不覺得天真無邪、自由奔放的桐璃會變成雙重人格那種壓抑之下的產物。

「萬一有人問你，要從兩個我之間留下一個，你會怎麼回答？」

「當然是留下比較好的桐璃啊。」烏有不假思索地回答。

「比較好的？」

「就是會乖乖聽話去上學的那個呀。」

看樣子，烏有總算報了一箭之仇。桐璃吐了吐舌頭，不甘心地瞪了烏有一眼。機不可失，占上風的烏有繼續窮追猛打。

「對妳來說，如果有另一個桐璃的話不是也很方便嗎。可以替妳去上學。」

話雖如此，但如果是會規規矩矩去學校的桐璃，基本上也不再是桐璃了。烏有心想。就算擁有桐璃的軀殼，大概也不是烏有心目中的桐璃、更不會是能與那個青年交換的桐璃吧。只有眼前這個桐璃，才是他的桐璃。

「哼，要你多事！」

桐璃粗魯地將抱枕扔向他。慘遭無情對待的抱枕撞上牆壁、發出「啪」的一聲可憐兮兮的悲鳴。

「認真一點回答啦。因為我也是認真在思考這個問題。」

認真思考是一件好事，但真心希望她也能分點心思顧慮一下時間、地點和場合。如果是從島上平安回去以後就算了，現在要思考、要留意的事堆得比天還高。不過烏有也沒打算把自己內心多得都要滿出來的危機感硬堆到桐璃的身上。

「知道了啦。我會認真思考。」

「那麼……」桐璃稍微想了一下，「如果是有兩個性格一模一樣的『我』呢？兩邊都不想去上學，兩邊的性格都很可愛。」

真虧她能想到這種莫名其妙又亂七八糟的狀況。也就是說，性格從頭到尾都一樣，只在記憶互相交錯的情況下交換人格嗎？這種狀況實在不太可能發生。如果人格性質完全一樣的話，感覺就不具備分裂的必然性了。雖然只在年代久遠的書上看過，但不就是因為在環境等層面受到壓抑，導致性格扭曲，才會衍生出第二、第三個人格嗎？

「妳是指兩個人格都是現在的桐璃嗎？」

「嗯。」桐璃一臉欣喜地點頭。

「那就擲骰子來選擇吧。如果兩個人格都一樣，就沒有差異了吧。無論選哪一邊都是一樣的。」

必須先有所差別，才能主張自我。烏有覺得這有點像量子力學的費米-狄拉克統計。如同相同的電子、質子等粒子無法各自區分，假如只靠人格無法分辨哪個人格屬於哪個桐璃，就沒有必要、也沒有做出區隔的意義了。A＝A'的話，AA'和A'A都同樣是AA。如此一來，相當於自旋造成的不相容原理的，大概就是各自在社會生活中產生的記憶了。

「那不就沒辦法得知你選擇的是我，還是和不是我的另一個我相同的我了嗎？」

太多的「我」了，桐璃大概也很混亂吧，舌頭都快打結了。烏有能理解她在說什麼，但已無法判斷她的文法正不正確。

「與其說是要選擇哪邊，不如說是沒辦法判斷哪邊是哪個桐璃。」

「但我知道自己就是桐璃，這不就能做出區別了嗎。」

「另一個桐璃肯定也會這麼說吧。假如妳們擁有相同的人格。」

「我搞不清楚了……」

即使桐璃一臉困惑，烏有自己也難以理解。誰叫她沒事丟出這麼難的問題。烏有思索著有沒有什麼更好的解決方案。不一會兒，他用力拍了膝蓋，想到了一個好的解決之道。

「既然都是桐璃，不要區別也沒關係吧。把兩個合起來當成一個桐璃就好了。」

「這不會太隨便嗎？」

桐璃氣沖沖地瞪視烏有。不是只有語氣而已，似乎是打從心底怒火中燒。

「對我而言，桐璃就只有我這一個。所以另一個桐璃絕對不是我。」

桐璃這句話莫名地打中烏有。發脾氣是她常有的反應了，但很少認真到這個地步。比起不知去向的結城、比起被關掉的發電機開關，現在這件事更令烏有感到印象深刻。

VI

八月十日

0

耳邊傳來黑貓的叫聲。

定睛一看，黑貓彷彿要為烏有帶路似地走在他跟前。

漆黑的長尾巴翹得老高，反射著熾熱的陽光，閃爍著耀眼的光芒。牠全身包覆在略帶紫色的光線折射下，每走一步，身體都會微微地左搖右晃。

白色與深藍色的條紋層層堆疊。黑點優雅地穿梭其間，徐徐走遠。

但，烏有未能踏出腳步。

喵——黑貓回過頭來，又叫了一聲。牠不偏不倚地面向烏有。清澈透明的綠色貓眼有如純度極高的祖母綠，直勾勾地凝視著烏有。

如果不跟上來，我就要丟下你囉——黑貓這麼誘惑烏有。

一切都在這裡決定。接下來的一切，都將在這一刻決定。所有不可能改變、不可能修正，僅此一條的道路，自己的一切都將在這一瞬間……烏有還在迷惘，還在猶豫。

貓站在對岸，一臉旁觀者清的表情。不確定牠是一切的起點，還是一切的終點，又或者從頭到尾都站在置身事外的定點。這隻黑貓不是普通的黑貓，但也不具備更多的意義，單純就只是一種象徵、一個契機。

烏有現在被迫面對的選擇、非做不可的事其實早就被決定好了排程。烏有根本無從選擇，就算有得選擇，但每次當他要挑選某條路的時候，其實那也都是被安排好的。

是誰？為什麼？關鍵的答案永遠藏在黑霧籠罩的背景另一頭。烏有只能在一無所知的情況下被迫做出選擇。好讓「烏有」得以存在。

為什麼？為什麼？為什麼？為什麼？

對自己的執拗追問在迂迴曲折的頭蓋骨中不斷地漫反射，他感覺自己的耳朵似乎有一瞬間變得聽不見了。

黑貓有點不耐煩，發出第三次呼喊聲。

烏有，踏出了選擇的一步。

1

今天是和音的忌日。

本來應該舉行熱鬧風光，再不然也是備極哀榮的二十週年忌法會，播放與「神」同等的偶像——真宮和音的電影《春與秋的奏鳴曲》，再次目睹和音的風采與倩影現身於銀幕中，緬懷過去的流金歲月。然而，三個和音的信徒如今已沒有心力舉行特別的祭祀了。這五天實在太過特別、太非日常了，他們今天也跟昨天一樣茫然，半是膽怯、半是懷疑地過了一天。話說回來，除了播放電影外，烏有也不知道他們原本還打算做什麼。

結城的屍體在這種情況下漂流到島上……就在這個不得不與和音訣別的命運之日。和音再次展現、並且讓眾人理解到她無與倫比的存在感。真是太諷刺了。

結城漂流到南側的海邊，就是那個他在第二天曾優雅地進行日光浴的海灘上。由於已經泡了一天一夜的海水，皮膚泛白、臉也浮腫得慘不忍睹。只能從衣服和身形勉強判別是結城。大家的結論都認為他是從觀景台被丟進海裡，接著再因為海流的惡作劇繞行和音島一圈，最後又被海浪給沖上岸。只是，考慮到同樣葬身大海的和音和武藤都被困在海底，沒有浮上來，這種去而復歸的方式未免太過偶然、也太戲劇化了。不過，夏天降雪的現實就擺在眼前，所有人都不得不接受偶然也是一種必然。

烏有獨自詛咒或許正悠然安住天上的「神」任性妄為的安排。發現結城的屍體後，其他人對桐璃的猜疑肯定又提高了幾分。只要結城一直處於下落不明的狀態、只要結城的屍體沒有漂回島上，就算內心不完全相信桐璃與此事無關，至少也能多少分散一點他們的注意力。烏有除了詛咒他根本不想相信的「神」以外，也無法積極面對目前的狀況。

總之，事到如今，真的就只剩下他們三個人了。假如和音真的在二十年前就死去的話……

結城浮腫變形的右手掌裡握著一個老舊的鈴鐺。鍍金的鈴鐺繫著紅色的繩子。那是結城在墓碑那邊扔掉的鈴鐺。每當海浪席捲過結城的下半身，就會發出叮叮噹噹的微弱鈴聲。這令眾人更害怕了。村澤夫人失神地跪倒在沙灘上，神父則是不斷地在胸前劃十字。

「和音……」村澤喃喃自語。

但這個鈴鐺應該是某個人在屍體被發現之前放進他的右手、讓他握在掌心的。村澤他們大概也注意到了吧……那條紅繩只有一點點濕濕的。

烏有不知不覺把手伸進外套的口袋，細微的悶響響起。那是桐璃給他的鈴鐺。幸好誰也沒聽見。

一股寒意竄過了烏有的背脊，汗濕的手用力握住口袋裡的鈴鐺。握得緊緊的、緊緊的，以免鈴鐺再發出一丁點聲響……這時他領悟到一件事。無論原委為何、不管他樂不樂意，自己早已身處在這群人當中、被捲入了這起事件。只能在這個箱庭空間裡作為一個小齒輪、身不由己地運作著。就連給他鈴鐺的桐璃也……烏有望向身旁的桐璃。

桐璃發現自己的推理錯了，有些不甘心，但是樣子似乎倒也不怎麼難過。大概依然覺得自己還能置身事外，死去的人也都與她無關吧。她頂多就是不敢正視結城醜陋的模樣，催促烏有快點離開。

烏有也對結城沒有一絲憐憫。還有兩天……要怎麼活下去……不管是腦海中，還是情感的洪流，又或者是理性的規範，都只剩下這個念頭。

不一會兒，神父和村澤開始處理結城的屍體。

＊

不曉得是誰把和音的墓穴填回去了。直到昨天都還張著血盆大口的地方如今已恢復成平地，彷彿什麼事也沒發生過。連歪掉的木樁殘片也放回原位。大概是他們其中的某人所為，但那個人是以什麼樣的心情把土填回去的呢？

是因為害怕和音復活，忍著極欲逃離的心情、心急火燎地把墓穴填回去嗎？還是想否定自己將被埋入墓穴的想像，用鏟子這種現實的利器來打碎幻影呢？然而人類只要身為人類一日，就無法逃離吞沒一切的黑暗。總是處於想要逃走的狀態，從一心想逃的意志中追求光亮。明知自己的影子永遠都在背後糾纏著自己……在那個洞穴看見無限黑暗的他們也不例外，也想要從黑暗的手中逃開。

我們殺了和音……三天前，村澤對他坦白。那句話究竟是什麼意思呢？是字面上的意思，還是有其他的……那些人殺死的和音，曾經是他們唯一的光明、是他們唯一的偶像，如今也化為最深沉的黑暗，對他們展開攻擊。

烏有模仿結城上次的舉動，用力將口袋裡的鈴鐺扔向一望無際的向日葵花海。雖然是桐璃難得給他的禮物，但離開這座島再向她解釋、道歉，她一定會原諒自己吧。明知一點關係也沒有，但他現在已經無法忍受擁有那個鈴鐺的不潔感、以及鈴聲如泣如訴地震動耳膜的厭惡感了。從桐璃那裡收到的既新又美的鈴鐺，發出叮叮噹噹的脆響，落入向日葵的花海中，消失不見。

不經意地望向腳邊，木樁旁有一朵花。烏頭，因為有毒的關係，（連不諳此道的烏有也記得）花語是「復仇」……

突然一陣風吹過，呼嘯作響。跟平常的方向相反，從山吹向大海，有如暴風雨般颳起漩渦、吹散一切。周圍的草都被吹倒在地，連頑強的向日葵花海也不禁折腰，有如拉滿的弓。烏有不由自主地往前傾，覺得自己快被風吹走了。

然而，唯有這朵木樁旁的花，擁有「復仇」的花語、深紫色的美麗毒花，彷彿沐浴在春日的微風裡，不痛不癢地迎風款擺，不畏強風，處之泰然地綻放。以深不見底的堅強意志，展現自己的存在。

復仇……烏有感覺自己似乎察覺到這股不安穩的氣氛意味著什麼了。

＊

「你們為什麼要殺死和音？」

今天神父比他更早出現在屋頂上。烏有已經確定只要到這裡來，必定就會遇見神父。他有問題想問神父。或許神父不會回答、或許自己身為局外人有點管太多了，但既然結城的屍體已經漂上岸邊、既然他的死已經板上釘釘，也由不得烏有再遲疑了。

「因為我們受到了挫折。」

過了好一會兒，神父才輕聲細語地開口。

「挫折？」

「沒錯。我們讓和音絕對化的事情失敗了。」

「那不是因為和音死掉才失敗的嗎？」

「不是。」

派翠克神父看著烏有，以不容置疑的語氣說道。眼神是前所未有的嚴肅。

「我們後來才知道我們的方法原來會失敗……透過一本書。」

「一本書？」

「是的。由庫特爾．亨利希寫的《立體派的奧祕》。」

《立體派的奧祕》……結城給他的書。那本書原來占有這麼重要的位置啊。

「最後一章闡明了我們的失敗。讓我們明白在和音的絕對化這件事上，分析立體主義的『展開』全部都錯了……」

夾著書籤的地方……

「那裡寫著絕對化必然會產生被趕到另一端的空間，亦即產生虛無的空間。如此一來，應該被絕對化的對象就會跑到相對的軸上。就像住在北半球的我們看不見與北極星相對的極端，那個極端落在被我們視而不見的南天正中央。我們認定『和音』的時候，也同時認定了那個虛無之物。無論再怎麼試圖重複『展開』，除非『和音』是唯一的特異，否則皆無法展開成轉變為『神』的『運動』……我們不得不面對我們在這座島上認定和音、試圖『展開』她的所有行為都將化為灰燼的事實。」

就像電的正極與負極。

「所以你們就把和音……」

「我們創造出來的虛像，只能藉由我們的手來破壞。」

「也就是說……」

「我們再也找不到留在這座島上的價值了……」

神父說到這裡就像是話語在喉頭卡住了。這是演出來的嗎？還是真的感慨萬千？烏有不得而知。只是二十年前他們離開這座島的原因似乎真的不是因為和音之死，而是因為理想的破滅。

也就是說，和音只因為他們自以為是的挫折、只因為這麼微不足道的理由就被抹殺了？放在墓碑旁的那朵花所代表的意義如今無比鮮明地在腦海浮現，鮮明得令人感到畏懼。

「所以你們殺了和音？從觀景台將她……」

「是的。」

神父是如何看待自己二十年前犯下的罪行呢？光是一個無心之過，烏有直到現在都還活在地獄裡嘗盡痛苦煎熬。但神父……瞧他對烏有侃侃而談的態度，難不成他以為這樣就已經贖罪了？還是就如同全天下盲目的信徒，從一開始就沒有罪惡感？烏有被神父的態度惹惱了。

只是……神父應該也在尋求救贖。

「那麼，你為什麼要皈依基督信仰呢？」

他的答案並不是烏有想聽到的答案。

「我一直在想。」

神父至此第一次用上「我」這種單數形的第一人稱，而不是「我們」。

「什麼可以特定絕對化？還有，我們為什麼會殺死和音？」

「……」

「我猜所有人的潛意識恐怕都沒有明確地意識到，但或許都在內心深處期待和音回來。一旦感覺科學上行不通了，出於反動，人們就會追求某些靠不住的、古典的東西不是嗎。」

「古典的東西？」

「復活……也就是奇蹟。」

奇蹟……聽到這個詞的時候，烏有覺得好像聽到各種窮極無聊、煩人又纏人的勸誘入教說詞。

「那是僅存的唯一一條路了。就像在綜合立體主義裡混入異物一樣，倘若和音能超越科學，就必須讓不受這個日常世界的法則所支配的異物成為『核心』，不是嗎。顧名思義，就必須移動一個次元對吧。」

「這就是所謂的奇蹟嗎？」

「是的。」神父點頭。「實際存在於這個人世間的行為之中，最具有衝擊性的奇蹟莫過於復活。死是一種實際存在的證明。所謂的死亡是人生在世，每個人都必須經歷一次的體驗，而復活凌駕了這個體驗。唯有復活才能展現出絕對性不是嗎？唯有奇蹟才能成就其特異化不是嗎？而混入絕對物……則是以綜合立體主義顯示的手段。換句話說，導入絕對性的指標之一，也就是『奇蹟』，不就能完成『展開』嗎？當然，以上只是我個人的見解。」

從語帶保留的說法中可以感受到神父的不滿。那是對他們放棄繼續延續「和音教」、埋沒於世間的不滿；還是對自己這二十年來在教會裡汲汲營營的不滿呢。

「再來是奇蹟的定義。『奇蹟』無法用科學這種常識的尺度衡量。因為這裡頭蘊藏著明確的意圖，與偶然是兩碼子事。」

「明確的意圖？」

「像是立體主義繪畫的『擾動』那樣，擁有規範所有『展開』指向性的那種意圖。」

神父凝望著天空、大海、以及世界。

「所謂的常識是人類所有意見的公約數。為了相信奇蹟，所以我加入最靠近人類所有意見的公約數，且能最有效利用『復活』這個異物的基督信仰。然後在那裡等待過奇蹟。」

說得很好聽，但這只是為了逃避殺害和音的事實吧？烏有很在意「等待過」這句話用的是過去式。

「發生過奇蹟嗎？」

「對，在這座島上。」

神父的眼眸濕潤閃亮，彷彿回到了二十年前的青年時代。

「在這座島上？」

「發生過兩個奇蹟。具有明確的指向性。這些都暗示了和音的復活。」

「兩個？」烏有感到困惑。在自己渾然不覺的情況下發生過兩個奇蹟？

「降雪和密室。」

「可是，降雪就算了，密室……」

「那也是奇蹟。」

烏有想起桐璃說過的話。倘若密室出自於神父之手，無非是為了展現奇蹟。但，密室可以稱為奇蹟嗎？看在不明白裡頭有何玄機的烏有及其他人眼中，確實很接近奇蹟也說不定。但製造密室的神父本人很清楚那並不是奇蹟。既然如此，就只是一種欺瞞不是嗎？

「我深信不疑。相信普遍的奇蹟會召喚絕對的奇蹟。是這些奇蹟彰顯出了至高無上的奇蹟。」

「和音的復活嗎。」

「是的。」

神父用力點頭，態度是前所未有的堅定。

「我還在等待。等待和音復活的那天。不，說不定她已經在哪裡復活了。」

他是指桐璃嗎？烏有不禁擔心起來。

「可怕的是那些人沒弄清楚和音的意義。只從表面，而且是非常表面地解讀和音死後的『展開』的意義。就連武藤也是……」

「請問沒弄清楚是什麼意思？表面又是什麼意思？」

神父沒回答這個最關鍵的問題，長袍的衣袂一翻、靜靜地離去。再不負責任也該有個限度吧。被留下的烏有早已無心眺望夜空。火冒三丈地踢了扶手的柱子一腳。

奇蹟……派翠克神父這句話聽起來只會讓人覺得是走投無路時陷入流俗的神祕主義。就連神父也被蒙蔽了純然的理性嗎，這令烏有感到一陣悲從中來。

＊

房間裡，桐璃正悠閒地等他回來，眼前是漂浮著冰淇淋的哈密瓜蘇打。大概是她自己在廚房裡做的，每次轉動彎折處呈現ㄑ字形的紅色吸管時，冰塊就會在黃綠色的蘇打水裡互相碰撞。清涼的聲響儼然就是夏日風情的象徵。表面上鎮座著一球香草色的冰淇淋，還沒有開始吃。烏有不禁懷念地想起第一次遇見桐璃的時候，她也在吃冰淇淋。因為有兩杯，看來是連烏有的份也一起做了。

「你去屋頂上啊？」

「嗯，我去看星星。」

烏有不打算告訴桐璃自己和神父談的那些話。一旦告訴她，她大概會像是收到天上掉下來的禮物般喜出望外吧？還是又會提起雙重人格的話題呢？總之，等到確定一點再跟她說吧。

「烏有～哥很喜歡星星呢。」

桐璃嘴裡低語，沒什麼太大的反應。有道理，即使沒發生這件事，烏有或許也會經常一個人到屋頂上去看海、看星星也說不定。就像一年前在桂川河畔散步那樣。另一方面，桐璃似乎對觀星賞月一點興趣也沒有。明明心裡清楚，烏有還是有點遺憾。

「妳怎麼知道我經常上屋頂？」

「那當然，因為是跟你有關的事嘛。」

烏有不禁有些竊喜。當然，他絕對不會把這樣的情緒表現出來，只是以無可無不可的態度應了一聲：「是這樣嗎。」

「冰淇淋要融化了。」

烏有接過哈密瓜蘇打。玻璃杯表面布滿水珠，有如面皰般一點一點的。

「……問妳喔，桐璃。」

「什麼？」

「妳相信神嗎？」

烏有咬著面向自己的吸管，邊用哈密瓜蘇打灌溉乾渴的喉嚨邊問道。伸手摸了摸床鋪，床單有點濕濕的。現在佣人不在了，再也沒有人侍候他們。烏有打算明天再拿出去曬太陽。當然，這是建立在明天還有那個閒情逸致的前提下。

「神？」

「沒錯。就像沙丁魚頭的神[13]那種。」

「那是什麼啊。我不知道這句話有什麼意涵。但神明確實存在啊，就在這一帶。」

⑬源自於「鰯の頭も信心から」這句俗諺。相傳江戶時代，人們會在節分時把沙丁魚頭掛在家門前，藉由其氣味來驅走邪穢。之後衍生出就算是沙丁魚頭這種微不足道的東西，只要願意相信就有其存在價值的意涵。

桐璃指著烏有頭上有一段距離的右方。感覺會出現背後靈的位置。

「桐璃是泛神論[14]者嗎？」

「你在說阪神虎[15]嗎？我是不太懂棒球……但神應該存在吧，就在這一帶。」

桐璃把冰塊咬得「卡哩卡哩」作響，裝神弄鬼地說得活像個靈媒似的。

「如果我說我是神，妳相信嗎？」

「這是怎樣。我不清楚你到底想表達什麼。但你正經八百的表情太好笑了。」

桐璃哈哈大笑，彷彿隨時都要噴出咬碎的冰塊。

「烏有～哥，你好像累積了很多壓力。保健室的老師這麼說過喔，這種時候很容易陷入過於誇大的妄想。」

「說的也是……或許我真的變得有點奇怪。」

聽完神父剛才的告解，就算變得古怪也無可奈何吧。

「我覺得你不用那麼煩惱也沒關係喔。畢竟這件事真的也跟我們無關。」

桐璃若無其事地說道，烏有不禁覺得她的話也有道理。反正與他們無關……可是在內心深處反芻這句話時，突然又覺得這句話好空泛。直到昨天都用來安撫桐璃的這句話，如今有如迴旋鏢般原封不動地回到烏有身上……說穿了，還是自己介入太深了。烏有彷彿被鬼迷了心竅，低下頭，閉上雙眼。

「不過，要是烏有～哥這麼說的話，我大概會相信吧。但也不會因此多做什麼就是了。既不會特別崇拜你、也不會獻上供品，當然更不可能投香油錢。」

她似乎誤解了烏有的反應。可能是為了安慰吧，桐璃的語氣比平常溫柔。

2

客廳裡亮著昏黃且沉穩的燈光，村澤夫人獨自坐在沙發上，手中端著紅酒杯。一隻手肘撐著沙發，微微低著頭，正以空洞的眼神凝視著牆壁，然後嚥下半透明的粉紅酒。薄薄的杯緣碰撞到門牙，發出「匡！」的一聲脆響。因為從昨天開始就沒整理頭髮，蓬亂、乾燥的髮尾都打結了。淺灰色的洋裝也皺巴巴的，形成扭曲的線條。凹陷的臉頰連粉底都沒打，乾裂的嘴唇也沒上一點口紅。蓬頭垢面的模樣與上島時判若兩人，但是在這種狀況下，打扮得再漂亮又有何用。

尚美將酒杯移開唇邊，開始在掌中把玩。昏暗的光線反射在粉紅色的液面上，粉紅酒的漣漪勾勒出夫人脂粉未施的輪廓，忽大、忽小，時而扭曲變形。「呼……」往左上方痙攣的嘴角流洩

⑭認為現實中的一切都與神明是等同的，但否定將神擬人化的人格神論點。
⑮日本職棒中央聯盟的球隊。阪神的日文發音和泛神相同。

出分不清是嘆息還是哼笑的聲音。因為太頹廢了，她那不修邊幅的模樣反而有股豔麗的美感。

尚美盯著液面瞬息萬變的交錯光影看了好一會兒，再次將杯子湊到嘴邊，一口氣喝光裡面的酒。喉嚨發出細微的「咕嘟」聲，臉頰開始染上紅暈。這時，夫人似乎才終於發現站在門口的烏有。

烏有猶豫再三，不知道是否該默默離去。但彷彿被尚美蠱惑的眼神給迷住了，他往前走了兩、三步，就這麼在夫人對面的沙發坐下。

「要喝嗎？」

也不等烏有回答，夫人便拿出一只新的酒杯，往裡頭倒粉紅酒。烏有老實地接過酒杯，在液面還在翻騰時一口喝光杯子裡的酒。這個酒缺乏甘甜的酸味。

剛放下酒杯，夫人馬上又為他斟滿第二杯。烏有不好意思拒絕，又拿到嘴邊。他酒量不好，所以這次只作勢抿了一口。夫人以濕潤陶醉的眼神斜睨著烏有。

「這一切肯定只是一場夢。」

音量很小，聽不太清楚。或許是酒精已然滲入四肢百骸，這句不像是對眼前的烏有說的話。

「……惡夢。來到這座島上……試圖找尋二十年前的自己……明明我對拋在腦後的過去已經沒有任何留戀……早知道就不來了。結城先生已經不在了……真的不在了。而且那個人也……」

夫人以水汪汪的眼眸瞅著烏有。

「妳喜歡結城先生嗎？」

「是啊……但那個人喜歡和音……」

不小心偷聽到兩人在客廳的對話時，夫人也以類似的台詞拒絕結城。但是就結城在觀景台或和音房裡的說詞，又不免覺得或許是尚美多心了。因為結城一再強調他「一直愛著」尚美。

「和音還在這座島上……二十年前的今天，被我們殺死的和音，還在。」

「她在哪裡？」烏有小心翼翼地探問。

「你不也有嗎……真正的和音。」

「妳是指桐璃嗎？」

「那個女孩是和音喔。」尚美突然一笑。「相隔二十年她又出現了……」

「桐璃不是和音。她們只是長得很像，但完全是兩個人。」

這是第幾次不厭其煩地解釋這一點了？接下來還得再解釋幾遍才行呢。為了打破盲目的信仰，他就像是異國的傳教士，儘管迷惘、儘管疲憊、儘管煩惱、儘管受盡折磨，也必須鍥而不捨地澄清才行嗎？

「真能說得這麼篤定嗎？」尚美以夾雜著醉意與挑釁的眼神直視烏有。「我看到了……前天半夜，和音從結城先生的房間走出來。」

「怎麼可能……才沒這種事。」

裡。

烏有一直監視著桐璃的房間，直到天亮時分。桐璃從未離開過房間，自然更不可能去結城房

「桐璃那天夜裡沒有去結城先生的房間，我敢保證。」

「是這樣嗎。」……夫人嗤之以鼻似地冷笑，又喝光了杯子裡的酒。「可是我看到了，清清楚楚……當時我不覺得有異。作夢也沒想到是去殺結城的。」

「妳騙人！」

烏有只相信自己的眼睛，拒絕接受她的洗腦。這個女人到底想說什麼？她到底是何居心？簡直就像是伊甸園的蛇。難道想利用這一派胡言把和音套在桐璃身上，為桐璃貼上殺人犯的標籤，讓她變成一切的始作俑者、替他們贖罪嗎？這未免也太自私了……對夫人的憤恨抵銷了烏有的裹足不前，他決定直接切入正題。

「被殺掉的人真的是水鏡先生嗎？」

「什麼意思？」

夫人的表情僵在臉上。直覺告訴烏有，命中靶心了。

只有烏有知道眾人在和音的肖像畫被割破時的不在場證明。他們之中根本沒有人能做出這種事。結城與神父去爬山，村澤夫婦一直待在客廳裡。剩下的就只有水鏡了，但和音的肖像畫相當於她本人的身高，如果水鏡坐在輪椅上就不可能劃破臉的部分。

「唯一可以想到的可能性，就是水鏡先生的雙腿根本沒有任何問題。我們見到的水鏡先生其實是個假貨。」

烏有簡單扼要地說明完以後，就等待夫人回答。

「這樣啊……」

「那個人並不是水鏡先生，而是令兄武藤先生對嗎？」

烏有緊迫盯人地追問。「武藤」……聽到這兩個字的瞬間，夫人的身體猛然抖了一下，接著發出刺耳的笑聲。

「哥哥……啊，哥哥。」

酒杯從夫人手中傾倒，粉紅色的液體滴落在桌上。灰色的洋裝裙襬也被染紅，酒液順著絲襪流到腳邊。夫人沒把杯子扶正，只是目不轉睛地凝視著因為表面張力在桌上凝聚成小水塘的粉紅酒。

烏有也不敢幫她。因為夫人的反應比想像中更難以靠近。他索性將酒液交給重力支配，靜靜地等著她說出下一句話。

「哥哥……」

夫人喊了一聲，然後又再喊了一聲。顧影自憐地凝視著顫抖的手，連眼珠子都不轉一下。

「……可是三天前，即使我看到了哥哥的屍體，也不覺得有多傷心。」

「果然是這樣啊。那果然是武藤先生……」

烏有懷疑尚美根本沒聽見他的聲音。因為尚美又開始自言自語起來。

「……為什麼呢。明明我從以前就只為哥哥而活。明明只要是為了哥哥，我什麼都願意做……無論再怎麼痛苦、再怎麼難受……明明我一直很期待相隔二十年能再跟哥哥相見。就跟以前一樣……」

「水鏡先生怎麼了？」

尚美默不作聲地凝視著虛空。目光渙散，沒有焦點。烏有承受不了沉默與緊張，還有自己膚淺的行為。他為自己倒了一杯酒，一飲而盡。他根本沒有資格責怪別人。但是為了桐璃、為了新的自己，他必須先下手為強……

過了一會兒，夫人面露冰冷僵硬的表情放下酒杯。

「哥哥在……和音死掉的兩天後……殺了他。那個人死不足惜。誰叫他是個窮極無聊、俗不可耐、除了錢以外什麼都沒有……滿腦子只有欲望的傢伙。」

夫人緊緊握拳，用力地搥在桌上。兩拳、三拳……彷彿要發洩至今始終壓抑在內心深處的情緒。

「我也是那個人的……」

「尚美。」

回過頭去，村澤正掛著悲痛的表情站在門口。充滿理性、輪廓深邃的臉上深深刻畫著無數條疲憊的皺紋。

「別再說了……」

村澤發出哽咽的聲音邊喊邊跑向她，從正面將有如壞掉的收音機般不斷跳針的夫人用力抱個滿懷。又在她耳邊大喊：「別再說了。」

「別再說了。」第三次則轉為溫柔的傾訴。

「別，再說了……」最後是打從心底發出的柔聲安慰，設法要令她冷靜下來。聲音比烏有至今聽到的每一句話都更微弱、更細緻、更溫柔。

他穩穩地讓逐漸失去自我的夫人躺在沙發上。

「你過來。」

村澤瞪著烏有，用不比結城遜色的腕力抓住烏有的手臂、將他拖到客廳外。

「你到底想做什麼？你對尚美說了什麼？」

「我只是問她真相。」

烏有也不甘示弱地吼回去，挑釁地回望村澤灰色的雙眼。或許只是虛張聲勢，但此時此刻一旦道歉，自己一定會被對方的氣勢給壓過，最後鎩羽而歸。無論是對村澤，還是那個青年……就算要弄髒自己的手，烏有也已經不能後退了。

夫人呻吟般的笑聲從客廳傳來。最糟糕的結果……她的精神可能崩潰了。但這筆帳要算到烏有頭上嗎？明明是滿口謊言、隱瞞事實的他們不對。烏有只是指出這群人隱瞞的事實而已。

「我應該只有拜託你找出殺死水鏡先生的兇手吧。」

「你以為我喜歡這麼做嗎。如果能平安離開這裡，我是不介意假裝什麼都沒看見喔。」

烏有根本不想知道別人的祕密。然而自從他發現自己——自己和桐璃被捲入這淌渾水的那一刻起，他就痛切地感受到自己有義務知道、也有使命知道事實。即使是鑽牛角尖的自己也責無旁貸。

「只剩下兩天了不是嗎。」

「是你們把我們捲進來的吧。你能理解什麼都不知道的恐懼嗎？在這種無法逃離的絕海孤島上。」

原想揪住烏有衣領的雙手停在眼前顫抖著，只握住一把空氣。

「……算了。現在不是跟你爭辯這些的時候。不過……」

村澤有氣無力地垮下肩膀，以疲憊的聲音說道。

「……既然你都已經知道了，那也沒辦法。我替尚美說明吧……關於你想知道的一切。所以請你放過尚美，別再去打擾她了。」

烏有靜靜地點頭。只要有人肯告訴他，是誰來說都可以。將尚美逼上絕路也並非他的本意。

「那麼去我房間說吧……」

村澤約烏有到他的房間詳談。

＊

「……要從哪裡開始說起呢。你似乎已經知道得不少了。」

村澤有些手足無措地從胸前的口袋裡掏出七星香菸。點火，深深地吸了一口，然後再吐出來。

他弓著背，以軟弱的語氣細聲細氣地低語。情緒逐漸平靜下來了，取而代之的是彷彿被看開一切的豁達給支配。

「首先，請告訴我武藤先生和水鏡先生、還有尚美小姐的事……」

村澤會說實話嗎？即使到了這個節骨眼，烏有仍沒有把握。有人即使被逼到狗急跳牆的地步依舊不肯吐實；也有人直到最後一刻都能將謊言說得天衣無縫。村澤大概會利用沉默的空檔思考合理的解釋，繼續打馬虎眼吧。思考即使不觸碰到核心，也能用搬弄虛言說服烏有、讓烏有信以為真。烏有內心充滿疑慮，但眼下也只能先聽聽他的說詞了。

「武藤……那就從武藤說起吧。他同時也是我的大舅子。」

村澤好不容易張開沉重的嘴巴。

「我和武藤是兒時玩伴。我從小就很了解他。那傢伙同時具備熱情的藝術家氣質和冷靜的哲學家風情。他和尚美從小就沒了父母，由父親那邊的叔叔家收養。武藤家是地方上的有錢人，在當地開了染色工廠，還有很多土地和財產，但叔叔嬸嬸利用武藤家失去主人的時候趁虛而入，掌握實權。他們以監護人自居，幾乎侵吞了武藤父親留下的所有資產。叔叔自作主張賣掉兄妹從小住到大的老家，而且武藤他們在叔叔家的新生活一點都不快樂，尤其是對當時才十歲的尚美而言。哥哥是她唯一的依靠。在尚美的心目中，武藤既代表了死去的父母，也是唯一能讓她放心依靠的家人……」

提到尚美的時候，村澤的語氣充滿了心疼。他想代替武藤嗎？想肩負起武藤沒完成的責任嗎？

可惜鳥有沒時間任憑想像力馳騁，村澤隨即言歸正傳。

「聽說武藤高中畢業後，叔叔就逼他去工廠上班。而且不是用前任社長武藤家族的遺孤身分，恐怕不過就是基層員工。對於三年前都還是『公子哥兒』的武藤而言，這大概是莫大的屈辱。

那傢伙想上學，但是想也知道他叔叔不可能答應，叔叔肯定很擔心那傢伙未來會出人頭地吧。所以他畢業後立刻逃離叔叔家，前往京都。工作了一年、存夠資金後，他也經常來找我發牢騷。在考上大學的同時也把尚美叫去京都。晚上打工賺生活費，好讓兄妹兩人有辦法活下去……」

村澤說到這裡，再把已經燒掉半根的香菸銜入口中。大概是為了讓心情平復下來吧。藉由麻痺神經，以減輕這宛如自白般的苦行。

「我想，恐怕是不幸的環境造就出後來的他。失去父母，財產還被親戚搶走，過去幸福的生活瞬間瓦解了，讓他不得不面對無可奈何的現實。生活中只剩下不信與猜疑。畢竟他親眼目睹這一切、親身體驗過這一切……而且那傢伙真的很聰明。除了運動以外，不管做什麼，即便是是課業學習以外的事，他也一直都能取得好成績。正因為他如此優秀，才會對於極力想扼殺自己才華的叔叔、以及無法發揮所長的環境感到焦躁和絕望。我一定要從谷底往上爬，爬到頂點讓大家看看……他總是把這句話掛在嘴邊。那傢伙是個充滿野心的人，但也是這份野心令他陷入瘋狂。」

提起老朋友的語氣並非只有批評，還能從中感受到深刻的同情。

「大學二年級的春天，他跟和音相遇了。詳細的經過我也不清楚。後來好像就馬上認識了水鏡……因為肉體上的缺陷，導致水鏡的精神面也出現了扭曲，正在尋求精神上的支柱。然後他就在武藤的連哄帶騙下，成了和音的金主。當然，這一切與肉體無關。因為和音是『神』。是超越俗世行動、規範的『神』。」

同樣的詞彙雖然已經從神父口中聽過好幾次，但這還是村澤第一次提到「神」。果然對他們所有人來說，「和音」不單單只是偶像而已，還是偉大的「神」。

「問題是水鏡實在太庸俗了。他是個內心充滿算計、滿肚子壞水的人。但如果是現在的我們，即使再不願意承認也還是能理解。因為大人就是這麼回事吧。跟年輕人不一樣，他們無法光靠理想和純粹的理念活下去。水鏡也不例外。作為我們在這座島與這間宅子生活的代價，他提出了一個要求……就是武藤的妹妹尚美。他要求我們交出尚美，供他發洩不正常的性慾。」

「所以……」

「……」

村澤默不作聲地低下頭去。他大概不想再說第二次吧。烏有陷入了至今一直維持淺色的世界已被墨汁染黑的錯亂。

「那個時候我並不知道這件事。結城和小柳也是。不知道在我們心中無異於樂園的這座島、還有這一年，對尚美而言每一天都有如置身在地獄。若不是尚美那麼崇拜自己的哥哥武藤，而且也有點受到和音的吸引，肯定早就忍不下去了。不是早就逃離這座島，再不然就是選擇一死了之也說不定。」

村澤的語氣很淡然。然而……烏有不想理解村澤的言下之意。

「只可惜這種粉飾太平、唯有表面和諧的生活也在和音死後全面劃下句點。水鏡想解散這個聚會。因為『和音』已經不在了、所以這座島也失去了存續的理由……恐怕水鏡差不多也已經玩膩了吧。但這也意味著武藤的野心失敗了。他想說服水鏡……兩人開始對立、爭執，最後動手了。」

在武藤的忌日死去的那個人果然是水鏡。被烏有猜中了。可是，就算是自己想知道這些污穢的真相，聽了還是很不舒服。烏有非常後悔，早知道就不要問了。

「第二天早上，武藤向我們報告他殺害水鏡的事。說他們大吵一架、失手殺死水鏡，然後把屍體埋在山上……以下是他告訴我們的計畫。他打算扮成水鏡，繼續守護和音島與和音館……起初大家都不知所措，不是反對他的計畫，就是猶豫著該不該答應他這麼做。這是很正常的反應。但事情既然已經發生，就必須想辦法收拾殘局才行。而且保住和音島對失去和音的我們而言確實是非常吸引人的提案。可以留下自己的傷痕，就像埋下我們的時空膠囊……反正大家早就看水鏡不順眼了。雖然不到喝采的地步，但說實話，我們確實都覺得很高興。即使扣掉金主的恩情，水鏡平常傲慢的態度也令人難以忍受。」

就算武藤沒有動手，自己說不定也會殺死水鏡。村澤的表情險惡到烏有幾乎能確信這件事。

「武藤要我去徵求結城和小柳的同意。因為只有我能搞定他們兩個。而且我知道……那傢伙的目的。」

「目的？」

「我猜……武藤恐怕打從一開始就想殺掉水鏡。從介紹和音給水鏡認識的那一刻開始……苦於不幸遭遇的他，為了奪取水鏡養尊處優的環境，也為了將水鏡名下的資產、權勢全部據為己有，他不惜殺死水鏡。而且還不惜拿尚美來作為棄子、把水鏡當成墊腳石，都只是為了實現自己的野心……你想想看嘛。就算水鏡的性格再怎麼不喜歡拋頭露面，但是有可能這麼輕易就成功地交換身分嗎？武藤在這座島上的那一年內，大概都在檯面下為這些做準備吧。」

而且武藤幾乎成功了。甚至有傳聞說他還成為了關西地下世界的領導者。難道神父口中視若神祇的「和音」，對武藤而言打從一開始就只是個道具嗎？

「……於是，我對武藤提出一個條件。」

「條件？」

「嗯嗯……我要他提供資金讓我開創新事業，還有尚美……」

村澤彷彿看到什麼髒東西，背過臉去。那個髒東西……大概是村澤自己吧。

「……仔細想想，不，根本不用細想，我幹了跟水鏡一樣的事。與令人唾棄的水鏡根本是半斤八兩。尚美受到結城的吸引，喜歡上爽朗又情感豐沛、不知道這個祕密的結城……我也留意到這點了。但是……我也需要尚美。就算要罵我沒人性，我也想得到尚美。」

村澤以自暴自棄的語氣大聲說道，低下頭，用力抓亂自己的頭髮。烏有默默地冷眼旁觀他的醜態。過了一會兒，村澤揚起臉來，這次似乎像是想為自己辯白似地凝視烏有的雙眼。簡直像是在追求什麼……問題是，他到底在追求什麼呢？是救贖？安慰？批評？烏有無從得知。

「武藤先生怎麼說？」

烏有只能主動提出這個問題。

「武藤他……武藤二話不說就立刻答應了。他沒有一絲猶豫，再次賣掉了自己的妹妹。這次是賣給我。」

「所以結城先生才會動手打人嗎。」

「嗯嗯，就是為了這件事。結城什麼都不知道，我們什麼都沒有告訴他。他不知道尚美成了犧牲品，分別獻給水鏡和我。也不清楚武藤那動機不純的野心。那傢伙只是純粹地信奉、相信和音。還以為尚美之所以選擇我，是基於尚美自己的意思。」

「這件事我聽神父說過了。」

「小柳肯定看穿了一切吧。從二十年前就知道一切。但畢竟與那傢伙無關，所以他一直保持沉默。」

當時神父為什麼不告訴結城，或至少暗示他一下呢。難道真如神父上次所說，是為了結城著想嗎？神父身為第三者，應該很容易就能預料到尚美與村澤的婚姻遲早會破局。是因為不想破壞攸關和音島存續的劇本嗎？還是因為……

烏有想起在墓碑那邊看到的深紫色烏頭花。這或許是神父對所有人背叛和音、拋棄和音的復仇也說不定……

「既然如此，武藤先生為什麼從未離開這座島，獨自在島上生活了二十年呢？雖然在島上也能透過網路達成自己的目的……是為了避免出現在世人面前嗎？還是他其實會喬裝打扮，大搖大擺地走在街上呢？」

「不，武藤應該一直住在這座島上。」村澤有些欲言又止。「單從剛才的話聽下來，你大概會覺得武藤只是為了自己的野心才利用和音吧。確實也有這一面，但他也是真心信奉和音的。他的信仰在我們之中最為虔誠。不管是對於和音，還是對於他一手建立的教義都是如此。所以才會被囚禁在這裡長達二十年。」

「可是，我總覺得很難相信。利用和音、殺死水鏡，想在經濟界出人頭地的武藤先生，跟一直待在這座島上守護和音、寫下《啟示錄》的武藤先生會是同一個人。」

事實就是如此。但烏有實在無法接受，也不想接受。極為現實、野心、冷酷的部分與對於宗教、信仰的狂熱部分真的有辦法並存嗎？烏有想起昨晚跟桐璃的對話。一個肉體裡面有兩個人格……不，性格。武藤有這種宛如硬幣的正反兩面、被稱為「雙重人格」也不為過的部分嗎？

「為什麼時隔二十年要再召開這次的聚會？」

都已經二十年過去了，然後又把大家聚集在一起的是哪一個武藤呢？

「我也不知道武藤究竟有何用意。我還以為他會告訴你，還以為他會向自己委託的偵探說出實情。看來我似乎猜錯了……但事情變成這樣，我們也有責任。因為是我們殺了和音。」

「為什麼要殺了和音？」

「因為這座島根本不是什麼樂園。至少最後一個月絕對不是。我們與水鏡的認知差距太大了，形成壓迫感、持續沉重地壓在我們身上。所有人都清楚地感受到毀滅的腳步正一步步逼近。

在極度緊張的狀態下，發生了那件事。只因為一本書，我們的人格就摧枯拉朽地土崩瓦解了……所以我們殺了和音。為了替這個箱庭世界劃下休止符。所有的人，親手，在那座觀景台……」

從村澤房間的窗戶可以正面看到幾乎可說是這一切事件中心的圓形舞台。圓形舞台始終安靜地佇立在那裡，彷彿正側耳傾聽著烏有與村澤的交談。

「推入海中……為了讓我們創造出來的存在再次甦醒……或許那跟我們最初的理念已經變得完全不一樣了。因為和音的死……與基督教世界之中的耶穌之死實在太像了。直到最後都無法完全拋開神祕性……不，才沒有這回事。我們只是承襲過去有名的傳說罷了。基於死亡可以讓和音淨化，也可以讓我們擺脫罪孽的這種姑息養奸的想法。」

「你們希望她復活嗎？」

「或許終究只是年少輕狂的理想主義。就只有小柳受不了良心的苛責，又或者是看穿了兩者之間其實存在一些共通的性質。」

若不是事先聽神父提起這件事，大概會完全聽不懂他在說什麼吧。但村澤似乎連這點都意識不到。比起說明，他更像是在告解。

3

烏有來到中庭，獨自站在觀景台上思考。他什麼也不知道。沒有掌握到任何線索，甚至不明白該思考什麼才好。明明才剛聽完村澤的告解……

這座島上、和音的身上，似乎還有著更深層的祕密。讓他們不惜動手殺人的祕密……光靠烏有目前打聽到的事實還未能充分說明那個祕密會是什麼。東一句、西一句的證詞，要當成事實還太薄弱了，而且支離破碎，無法徹底加以採信。再怎麼努力蒐集，也無法拼湊成有如聳立在眼前的和音館這麼大的裝置。還少了什麼、還藏著什麼。水鏡……不，武藤死後、結城死後，還需要什麼來打破封閉的現狀。

最大的問題，在於即使被誤認為木更津悠也，烏有也缺乏找出那個是什麼的洞察力及推理能力。他終究只是軟弱無力又鑽牛角尖的烏有。

再過兩天就會有人來接他們。只剩四十八個小時了。只要撐過這兩天，他和桐璃應該就能重獲自由。只要把村澤、神父和尚美交給司法審判，自己站在不會受到波及的第三者立場負責作證就好了。只要把自己知道的一切告訴警方，讓警方去處理就好。烏有只要能和桐璃一起回京都、回編輯部，重新採訪新的對象就可以了。回歸日常的生活後，烏有遲早也會找到真正屬於自己的嶄新目的。

雖然只是一星半點，但是來到這座島上，確實也讓他找到了一絲希望。這段時間保護桐璃的意志或許重新確立了烏有的人格。不是那個青年，而是作為自己……

明明只剩下四十八個小時而已，如今卻覺得無比漫長。如果是一年前碌碌無為的自己，四十八小時就像微風過隙，大概都還沒有意識到就已經過去了。但是在這裡的每一天都相當於人生中的一個月甚至一年。因為感冒和這兩、三天的緊張感，體力及精力都累到極點。真的能保護桐璃到兩天後的傍晚嗎？光是現在就已經累到要費盡九牛二虎之力才能穩住疲憊的雙腳，讓自己不至於被海風吹倒。

烏有伸出雙手，扶著欄杆。接著他探出身體，遠眺大海。分不清是夏天還是冬天的風曖昧地拍打臉頰，撫慰著因為想太多而發燙的身體。原本已超過負荷的腦細胞再次打起精神，慢慢地開始運作。

光靠支離破碎的事實無力去完成的部分，只能憑藉少得可憐的想像力來補足、找出合理的線索來推理……話是這麼說，但這起事件真有所謂的合理性可言嗎？夏天降雪、地動山搖、出現了無法解釋的密室、以及和音的亡靈仍在徘徊的這個世界。如果是那個青年，他會怎麼思考呢？……不行，這句話絕對不能說出口。他現在是烏有。烏有用力甩甩頭，把想要依賴的心情驅趕出去。

……如果和音沒有死呢？二十年前的和音才十七歲，所以現在是三十七歲。如同桐璃稱她大孀，肖像畫中的美貌應該已不復見。就算是那群人心目中的「神」，依照這個世界的法則終歸還是人類。這座島上並沒有年齡樣貌與和音相仿的人物。真鍋太太也不會是和音，因為她的年紀太大了。這麼說來，和音可能還潛伏在哪個地方。像是空房間或地下室。在這座寬敞的大宅裡，可以藏身的地方要多少有多少。而且構造也很特殊，就算有隱藏的房間，大概一時半刻也找不到吧。和音躲起來了……然後觀察烏有他們的一舉一動。他一直覺得有種不舒服的感覺……那難道是和音的視線嗎。問題是，和音為什麼要觀察他們……

這時，烏有第一次，真的是第一次，懷疑到桐璃頭上。雖然只有一點點，真的只有一點點，但他不禁對桐璃產生疑惑。懷疑起有如唯一的綠洲、對埋在無盡沙漠中的烏有伸出援手的桐璃。就像墨水滴落在純白的紙上，一寸一寸地往周圍暈染開來，促使烏有展開連續性的思考。

……假如她們長得幾乎一模一樣並非偶然；假如他們在桐璃身上看到和音的影子是必然；假如和音觀察的並非烏有，而是烏有身旁的桐璃……

回想桐璃純真無邪的舉動，不禁覺得以上的每個推理都好荒謬，只是一種過於邪惡的妄想。那張沒有一絲陰霾的笑臉背後怎麼可能藏了什麼壞心眼。年僅十七歲的少女要是有什麼不可告人的祕密，還能表現得那麼天真爛漫嗎？不可能。烏有自信滿滿地推翻對桐璃的猜疑……而且生命受到威脅的明明就是桐璃啊。

徹底否定後，心情也稍微輕鬆了點。但這跟完全否定和音的存在是兩回事。她到底在追尋什麼？對那群人、對烏有，她究竟有什麼期待？那幾個人承認自己殺了和音。為了他們的自由，為了奇蹟。問題是，他們真的殺了嗎？

烏有還不敢相信。然而在說出這些話的時候，結城的眼神、村澤的眼神、神父的眼神實在不像在說謊……也就是說，和音二十年前真的死了。那麼躲在這棟大宅裡的到底是誰？昨天地震後切斷電源總開關的人又是誰？結城已經死了。也不是武藤，他早在兩天前就死了。既然如此……還有其他的可疑人物嗎？抑或就如同桐璃的推理，只是有人用遙控器關掉了開關？

如果是那樣的話，那個人對自然現象未免也太瞭若指掌了。不，幾乎可以說是擁有操縱自然現象的能力。在水鏡＝武藤還活著的時候，那個人就預見會在這樣的盛夏時節下雪，還營造出雪中密室。後來又預料到會發生大地震，所以事先準備好遙控器……烏有實在不覺得那三個人當中會有這種神通廣大的人物。他們應該都跟自己一樣只是普通人、只是市井小民。這種配得上鬼神之名的存在，烏有只能想到一個……為了實現自己的野心，就連親妹妹也捨得賣給惡魔的男人。那個想戰勝一切的男人。武藤紀之……

武藤的最後一部作品，那部名為《啟示錄》的創作中到底寫了什麼？烏有並不清楚，因此他連作夢都想拜讀《啟示錄》。他總覺得裡頭就寫著能打開眼前這個僵局的一切。

「要不要先看看電影啊？」

聲音從背後傳來，烏有轉過身去，抬起臉來。只見身穿白色洋裝的桐璃背對大海站在那裡。

「桐璃……」

「《啟示錄》是那部電影的續集吧。」

「電影……嗎。」

《春與秋的奏鳴曲》——被《啟示錄》稀釋了存在感，就連烏有都差點忘了。電影也記錄了和音的一部分，同樣是武藤的作品。更重要的，就是電影裡可以看到和音真正的樣子。為了表達追悼之意，原本今天應該要播放那部電影的。結城確實說過《啟示錄》是《春與秋的奏鳴曲》的續集……

「對耶，還有電影。」

烏有的雙手握緊成拳頭。

「可是，妳怎麼知道我在想什麼?」

「你在說什麼呀，烏有哥。」

桐璃攏起被海風吹亂的髮絲，嘻嘻哈哈地取笑他。

「明明是你自己嘴裡念念有詞，全都說出來了。而且還很大聲呢。不管是誰都聽得見。」

「這、這樣啊……」

烏有羞赧地搔搔頭。天曉得桐璃在旁邊看了多久。有如夢遊患者在觀景台上自言自語的烏有，看起來肯定非常滑稽吧。幸好從桐璃的反應來看，她似乎沒聽見自己懷疑她的部分。烏有鬆了一口氣。

「我現在就去拜託村澤先生讓我看。」

烏有放開抓住欄杆的手，在白砂上邁步向前。

「我也覺得這樣比較好喔。」

桐璃說得一副事不關已的模樣。

「咦？妳不去嗎？」

「我好像被你的重感冒傳染了。所以我要回房間乖乖待著。晚點再告訴我電影的內容吧。」

「好。」

——出乎意料的老實。換成平常的她，就算感冒，大概也會謊稱自己沒事，硬要跟他一起看，反而是烏有要想盡辦法說服她回房休息。今天居然這麼快就放棄爭取了，可見她的感冒真的很嚴重。還是要再加上累積到目前的疲勞呢。仔細端詳，她的臉色也很蒼白。

「妳吃過藥了嗎？」

「嗯，剛吃了。」

桐璃一直在咳嗽。

「身體不舒服就別跑出來了。而且還穿得這麼單薄。快給我裹緊棉被好好休息。」

「嗯。我正打算這麼做。」

「桐璃……」

「什麼事？」

烏有想著是否該把剛才從村澤口中聽到的內容告訴桐璃。但，或許別讓她知道比較好。沒必要讓桐璃知道那麼骯髒的事。

「沒事，沒什麼。」

他把自己的外套披在桐璃身上，扶著她的肩膀，踩著白砂走回大宅。一樓大部分的落地窗都因為地震而碎了一地，所以先用擋雨窗暫時擋住，所幸二樓以上的窗戶還完好無缺，一如既往地反射著陽光。

進屋前一刻，烏有不經意地抬頭一看，結果當場愣住。

「房間不見了。」

那個盯著圓形舞台上的烏有看的女人，她的身影所在之處。四樓中央，和音以前生活的聖域窗口……那裡只剩下一堵白牆。窗戶消失得無影無蹤。一時之間還以為是拉上白色窗簾所導致的，但其他窗戶都反射著陽光，熠熠生輝，可見不關窗簾的事，只要那裡有窗戶，應該馬上就能看出來。眼下左右兩邊房間的窗戶就幾近刺眼地強調自己的存在感。

——這是怎麼一回事？

烏有停下腳步，拚命想要搞清楚眼前的狀況。

「怎麼啦？」

一旁的桐璃不解地問道。

「沒、沒什麼。」

說出來她也不會相信吧。大概只會用一句「你看錯了」輕輕帶過。然而……

＊

「電影……嗎？」

村澤露出不太樂意的表情，但烏有不死心，一直纏著他不放，他才勉為其難地答應。這也是因為他不是如月烏有，而是木更津悠也，村澤才願意讓步吧。以告解的方式向烏有示弱過一次的村澤，在此之後想必只能任烏有予取予求了。

烏有被帶到二樓的某個房間。在這個大概可容納三十人觀影的小型放映室裡，長方形的白色大銀幕前擺了五排木製的椅子。

「請坐在這裡稍等一下。」

村澤走進隔壁的小房間，取出影片膠捲。不一會兒就聽見放映機開始轉動的聲音，燈光跟著暗了下來。從一個點往外擴散的光線自背後通過頭上、往大銀幕那邊延伸。順著室內空氣回流的塵埃粒子，微光閃爍地落在視線範圍的角落。又過了一會兒，大銀幕上出現倒數計時的數字。

……⑤。

④那個瞬間，烏有感到強烈的不安。可是他並

③不知道那是什麼。是預感嗎？那是一種警告

②他不能看這部電影……的厭惡感，然而……

①……電影開始了。

長長的鯨幕綿延無際。

從遙遠的後方蔓延到現在，再蔓延到遙遠的彼岸。沿著筆直的石板路兩側延伸，宛如世上唯一的路，引領世人走向遠近法的消失點所指向的終點。

布幕的另一邊林立著喬木，鬱鬱蒼蒼地長滿綠意盎然的葉子。樹幹上，收起棕色羽翼的油蟬混濁地和鳴。雨後初晴的石板路還帶著朝露的水氣，殘留在窪裡的清水反射著雲隙的陽光。晶瑩剔透的微光化為七彩稜鏡，與嫩綠的葉片及濕潤的水蒸氣相互呼應，為視網膜帶來刺激。

耳邊傳來小町木屐「喀噠喀噠」的腳步聲，然後逐漸消失。腳步聲十分輕盈，即使走遠後仍拖著一縷清脆的聲響。伴隨著「啪嚓」的水聲，接著是女人告誡「給我安分一點」的警告。

寂靜再次籠罩大地。

刻劃著菱形格紋的石板路走到盡頭，出現一幢背靠深山的大宅。從富麗堂皇的正門不難想像屋主肯定是地方士紳，中央突起的破風玄關其兩翼往遠方延伸，有如展翅的白鶴。黑白相間的鯨幕也有樣學樣地往左右兩邊展開。

玄關的格子門上是以菱形組成的家徽，掛著反過來的門簾。半紙上用毛筆寫下的「忌中」二字漸次映入眼簾，下一個場景換成裡面那些穿著喪服的人們。

深處是拆下用來隔開兩個房間的拉門後所形成的廣間，穿著喪服前來弔唁的人們在誦經聲裡靜默地繞著瑪瑙色的香爐前行。有人面色凝重地悄然焚香祝禱；有人強忍眼淚捻香；也有人拚命吞下泣不成聲的嗚咽……千態萬狀。焚香凌駕了一切，瀰漫的煙霧覆蓋整個靈堂，令人喘不過氣，獨特的香味層層疊疊地在空氣裡沉澱下來。

罩著白布的五層祭壇上擺放著牌位、燈籠、燭台、菊花……正中央立著遺照。放大的黑白照片繫著黑色緞帶，照片中的臉龐還很年輕，看來才二十出頭。晴空萬里的笑容沒有一絲陰霾，肯定作夢也想不到會有這麼一天。微微張開的唇瓣間隱隱露出潔白的皓齒。

一對中年夫婦坐在祭壇前，貌似是逝者的雙親。母親駝著背，難掩悲慟地用絲帕掩面、流瀉出嗚咽聲。肩膀、背、身體都隨著隱約傳來的啜泣聲微微顫動。就連坐在後方的弔唁賓客都能聽見她隱忍不住的哀嘆，讓失去故人的悲痛更增加了幾分。

前來與故人做最後道別的賓客腳步異常沉重緩慢，佛珠磨擦撞擊的聲響令人想起賽河原的石堆。蠟燭昏暗的光線照亮了遺照，照片中人雖然不是需要堆石頭的稚子，但其早逝的生命用「一生」來形容確實也還太短暫了。

父親始終保持堅毅的態度，但雙手依舊隔著長褲用力掐自己的大腿。指尖彎曲的程度彷彿再也無法承受更多壓力。眼下掛著濃得化不開的黑眼圈。

母親身旁有個六、七歲的小女孩，正一臉懵懂、不知所措地抓著母親的衣襬，乖巧地坐著。

不時以天真無邪的表情左顧右盼，似乎對周圍的人在做什麼感到很好奇。雙眸籠罩在一層黃色的薄霧底下，散發出暗沉的霞光。這個少女什麼時候才會知道「今天」代表的意義呢。

剛才的親子組也站在燒香台前，拈香祝禱。那個母親臉上浮現出疲憊不堪的表情，上完香後隨即深深地低下頭去。旁邊年約十歲，或者再大一點的兒子也抓起一把香，再小心地撒入香爐裡。父親則始終低著頭，看起來非常緊張。

天還很亮，油蟬依舊在遠處聒噪地鳴叫不休。明明時值盛夏，唯有這個房間自絕於季節之外，冷風不斷地吹進屋子裡。而且是毫不留情、冰寒刺骨的落山風。風車在風的吹襲下瘋狂地轉個不停，不禁讓人聯想到故人的靈魂正隨著輪迴的稜線螺旋上升，但想必一點也安慰不了家屬的心情吧。

告別式結束後，身穿白衣的遺體周圍被放入鮮花裝飾。百合、菊花、黃花龍芽草、桔梗等自古以來用於葬禮的花卉美則美矣，但總覺得又平添了一抹寂寥。而且在賓客與故人道別之際又掉了幾片花瓣。送上獻給故人的最後一份供禮後，開始釘起棺木。咚、咚、咚。每敲進一根釘子，逝者父母的表情就因為痛苦又扭曲幾分。母親似是再也壓抑不住嗚咽，臉上表情也因為哀傷而大大地扭曲。穿著喪服的少女以純真的雙眼靜靜地望著這一切。

出殯隊伍打著燈籠，井然有序地在不知於何時已然風乾的石板路上前進。草鞋、木屐、鞋子的腳步聲交織成雜沓的合弦，擾亂了位於世界邊緣的森林靜謐。分隔內外的鯨幕就像是莫比烏斯環，縱橫交錯，永無止盡地交纏。

高舉的黑白遺照不偏不倚地面向正前方，嘴角微微上揚，露出潔白的牙齒。彷彿正不疑有他地笑著讚頌光輝燦爛的未來。因為是白髮人送黑髮人，父母無法送逝者最後一程，母親靠在父親的肩膀上，站在屋簷下目送出殯隊伍離去。剛才那個黃色眼睛的少女則一臉不安地捧著牌位，頭低低地走在棺木前方。

這條路直通到墓地。隊伍中沒有一個人開口，低眉斂眼地默默前進。不知不覺，表情從他們臉上消失，就像戴上了能面。

在那之中，唯有親族手中的花籃裡綻放著五顏六色的花，優雅地迎風招展，嬌豔欲滴，形成極為諷刺的畫面。

然後畫面暗了下來……

《春與秋的奏鳴曲》

螢幕上浮現出字體纖細的白色標題。

*

烏有的心潮湧動。亮起緊急的紅色燈號……這些情景似曾相識。印象中，很久很久以前好像也看過類似的畫面。身體麻痺了，動彈不得。從大腦延伸出來的神經系統彷彿都被切斷了，動也不能動。視線被畫面緊緊抓住，無法移開。太陽穴、髮際、額頭都冒出帶著熱度的汗水。明明待在冷氣開得很強的屋子裡，卻唯有烏有的周圍充滿了莫名所以的蒸騰濕氣。

絕不是因為精湛的演技或拍攝技術。畢竟是二十年前的非主流電影，連現在拍攝電視劇的技術都比這部電影採用的要精良許多。但這部電影有一些別的元素、有一些只有烏有知道的東西，令他移不開目光。問題是，那是什麼元素……烏有想不起來。不，並不是想不起來，而是內心深處、精神、腦髓、神經……的某個部分在阻止他想起來也說不定。

「這是二十年前的電影，應該只是湊巧出現類似的場景」——這句話硬生生地卡在喉嚨，消失在乾渴的喉頭。只剩下有如蛇在爬行的窸窣細響沒頭沒腦地迴盪在室內。這個畫面、這部電影，不由分說地試圖將烏有拉進遙遠的過去，拉回那令人生厭的過去。

烏有發現自己無法冷靜地讓理性運作。但畫面不讓他的內心抱有餘裕，毫不留情地繼續播放。對他的抵抗視而不見，緊接著播出下一幕。

＊

被父母帶去參加葬禮的少年（名字好像叫「Null」），他的第一志願是東京大學的理科Ⅲ類，也就是以醫學院為目標，從此以後便拚命用功讀書。不，光用「拚命」還不足以形容。就像是被什麼東西附身了，每天埋首案前研讀參考書，就連睡覺的時間都捨不得，焚膏繼晷地埋頭苦讀。放學後也不跟朋友玩。當時住的地方附近沒有補習班，每天四點放學後他就立刻回家，然後把自己關在房間裡預習、複習功課。七點離開房間吃飯、洗澡，然後又繼續黏在書桌前學習，直到兩點才上床睡覺。完全聽不見窗外傳來的蛙叫、蟬鳴或鴿子、麻雀、鈴蟲之類的叫聲。然後六點就起床。每天、每月、每年都一絲不苟地重複這種自動化、機械化的生活。反而是父母擔心起他這種近乎異常的學習態度，不只一次勸他要放輕鬆一點。除非待在學校時有其必要，否則下課或放學後的時間他也不跟同學交流，禁錮在自己築起的世界裡，像個機器似地拚命用功。

應該是努力有了成果，他在中學、高中時期都考上了知名的升學學校。

但或許真的是被什麼給附身了。Null總是作著同一個夢。雖然短，卻極為鮮明的惡夢。那場事故的夢。

——那是個位於有些冷清的商店街外圍的十字路口。有隻黑貓經過，小學五年級的Null追在黑貓後面、無視紅燈就要衝出馬路。這時，有輛大卡車發出震耳欲聾的喇叭聲朝少年直駛而來。雖然緊急踩了剎車，但還是來不及，鎖死的輪胎與柏油路面相互摩擦的尖銳噪音響徹雲霄。事發突然，少年Null嚇得停在原地，一步也邁不出去，呆滯佇立。就在大卡車的擋風玻璃占據少年整個視線範圍的瞬間，有人用力地把少年推向馬路的另一邊。青年兩條粗壯的手臂出現在視野的右角，畫面染上一片血紅。

然後是……轉場。

下一瞬間，大卡車留下一條長長的胎痕，在十字路口幾公尺外的地方煞住了，旁邊是血肉模糊的青年。不，說是有個青年倒在血泊裡還比較貼切。青年以俯臥的姿勢背朝 Null 倒下。左手臂大幅彎折到背上。腿也像是原本就有四節一樣扭曲變形。那已經不成人形了。朝向側面的臉滿是血污，雙眼失去了生氣，只能勉強辨認出五官。跟影片開頭的遺照是同一張面孔。只差臉上沒有遺照中的笑容，眼神渙散空洞，臉龐已經歪斜到左右不對稱了。沒多久便聽見救護車的警笛。少年 Null 蹲在步道旁，按著疼痛的膝蓋，茫然自失地凝視著眼前的光景——

但諷刺的是，命運並未認可他的勤奮苦讀。考試落榜。重考生活。自己的實力與理想、使命與現實間的巨大差距。Null 從此展開了跌落谷底的人生。代替他被卡車撞死的青年是應屆考上東大的醫學院學生。跟那條和他交換的生命一同被放在天秤的兩端，Null 就絕對不能活得比青年差。為了青年的家人、為了青年本人、也為了彌補自己犯下的輕率過失，他都必須考上醫學院才行。但是他沒有錄取，被大學拒於門外。同學們都考上理想的大學時，只有他獨自眺望三月乍暖還寒的冷冽青空。他們都很驚訝 Null 的失敗，對他深表同情。但是同學們站在勝利者的彼岸所給予的安慰聽在 Null 耳中絲毫起不了任何作用。

他的使命在第一階段就崩解了。

Null 的心病了一個多月。認為附近的竊竊私語都是在說自己的閒話。聽起來像是在嘲笑他，同情那個青年「白白送了一條命」。

當時序進入五月，Null 為了逃離周圍的眼光，便搬到了京都。進入京都的重考班後，下定了這次必勝的決心。他替自己安排了比過去七年更吃重的計畫，並忠實地照表操課。都會充滿各式各樣的誘惑，但他都一一克服了。

然而，結果卻……第二年也未能達成。別說是東大了，就連知名私立大學也都吃了閉門羹。最後只能勉強吊車尾滑進當成備胎去考的京都三流私立醫科大學。到了這一刻，原因已經很清楚明瞭了。他既沒有實力，也沒有天分。與準備考試所付出的努力相反，最後他可以說是一無所獲。簡直就像是要阻止什麼東西覺醒似的。

就算那不過只是救命稻草，至少他考上了醫科大學了……Null 安慰自己、鼓勵自己，只要同樣走上醫學的道路，多少能得到一點救贖。

時至七月，當鋼筋水泥打造的新校舍完成時，Null 戀愛了。對於背棄原本的使命，過著逃避生活的他而言、對於初次面對社會及世人的他而言，這也是一種必然的結果。像是要彌補過去八年與苦行僧無異的苦讀歲月，Null 決定積極參與「快樂」的活動。拜個頭嬌小、長得與鄉下地方少爺無異的外表所賜，他的女人緣還不錯。也龍蛇混雜地交了幾個狐朋狗友，就連一開始有些障礙的溝通方面也逐漸變得得心應手。應班上同學之邀參加網球社團的聚會時，他認識了鳥邊乃梨子。Null 相信那是純粹的愛情。

然而，事情沒有他想像的那麼簡單。已經在他心裡生根發芽的自卑感，隨著他在不情願地考上的學校裡過著校園生活，也逐漸展露了冰山一角，變成難以駕馭的怪獸。宛如殘留在體內的未爆彈，逐漸侵蝕他的身體。就算能順利懸壺濟世，恐怕也終其一生都無法超越那個青年。但事到如今也由不得他回頭了。Null 背負的十字架實在太過沉重。

結果，兩個人的關係只維持半年就告吹。自從開始頻繁地夢到那個青年後，就算乃梨子陪在身邊，他也無法安心入眠。反而是難以言說的罪惡感變成瘴氣，活像鬼壓床似地令他全身動彈不得。彷彿要向他抗議什麼、血肉模糊的屍體以極為鮮明的原色不斷在他眼前重現。從來沒有哪一個早晨是在甜蜜的氛圍中醒來，Null 總是以從被窩裡跳起來的方式從睡夢中驚醒、四下張望，發現自己是在作夢後，這才鬆了一口氣。看在乃梨子眼中，他的舉動不可思議，同時也很詭異。

「你光煩惱自己的事就忙不過來了。」

這是乃梨子對他說的最後一句話。Null 認為這是不可避免的結果。人在天國的那個青年肯定也對他的幸福既羨又妒吧……當然，他自己也不是這麼容易就能釋懷。

就在校園生活迎來了第二個春天，Null 做出自己是一無是處之人的結論。這是他花了八年的努力與繞了一年的遠路得到的總結。再這樣下去，自己的人生終究一事無成。就在只有焦躁感增長、其他人都開始準備專業課程的時候，Null每天都窩在陰暗的新租屋處，不斷地懊惱、不斷地自問自答。從那一刻起，Null開始過起完全與社會隔絕的逃避生活。拋開曾經看得比什麼都重要的學歷意識。說起來很好聽，但說出口之後，他也知道這只是自欺欺人、只是一個比較好交代的藉口。坐在榻榻米上握緊拳頭，凝視住處牆壁的日子常常一過就是十幾二十天。

然而事情依舊沒有任何進展，精神也未能得到解放，只是渾渾噩噩地過著找不到手段、目標和結果的日子。他也不去上課，就連騎腳踏車到校門的十分鐘距離也跟芝諾的烏龜沒兩樣，感覺無限漫長，校門口的門檻就像高高聳立的柏林圍牆。就算不想上學，對世間萬物的自卑感又阻止他在繁華街區徘徊。有如被通緝的犯人，Null認為自己是尚未受到處決的罪犯。是殺死一個前途無量年輕人的殺人犯。

花了一個月的時間，Null好不容易踏出住處，漫無目的地沿著桂川漫步。綿延至嵐山的單調景觀稍微撫慰Null的心，但依舊沒能找到已經失去的目的。只是任憑黑白的世界填滿視野。而這樣的情況又持續了一個多月。

就在這個時候，他遇見了少女。

深藍色的西式制服搭配暗紅色的領帶、淺灰色的裙子。是附近一所私立高中的制服。時間是平日上午，所以顯然是蹺課了。少女坐在公園長椅上，正在吃著霜淇淋。她張開嘴巴，用舌頭靈活地舔掉已經開始融化、順著甜筒滴落的霜淇淋，那副模樣有些滑稽。若是被詩人看見了，大概會想在手邊的筆記本裡記下眼前這般引人入勝的光景。

「也有跟我一樣的傢伙啊。」

Null 這兩個月也都沒去上課，所以覺得很親切，但起初也就只是這樣而已。就跟所有在河原擦肩而過的其他人一樣，僅止於萍水相逢的關心。Null 這兩個月來始終未能做出人我之隔。看到自己與那個青年以外的人，就像看到由始至終都不曾改變過形狀的河流，或者是即使枝葉生了又落、依舊每月每年都保持著相同姿態的行道樹那樣，漠不關心，也不想關心。在他的世界裡，只有他自己一個人，無可奈何。

然而打從那天開始，他每天都會看見少女的身影。Null 總是沿著桂川的同一條路線散步，怎麼也不膩，那名少女也總是會在同一個時間於同一處地點閒晃，時而含著糖果、時而大口吃著甜甜圈、時而朝河裡丟小石頭，每天都會出現在 Null 視野的一角。但 Null 也只是靜靜地從旁邊經過，不打算做點什麼。

接著幾天過去，豔陽逐漸熾熱，城鎮中的蟬也開始大鳴大放的某一天。此時站在河邊的少女身上穿的並不是平常的制服，而是黑色的正式套裝。鞋襪及帽子也都是黑色的，雖然沒戴手套，但就像服喪似的一身黑。蕾絲帽子的寬帽緣擋住了夏日的豔陽，在眼睛周邊篩落蕾絲的陰影。細長雪白的頸項戴著銀項鍊。年紀雖輕，打扮起來卻像個秀麗的黑衣儷人。

少女看起來比先前要成熟許多。佇立於河邊的身影就像是風景畫中遠景的雕塑，在擁有沉靜氣質的同時，也從一成不變的桂川近景浮游出來，彰顯出獨特的存在感。

那天，Null第一次停下腳步。他對眼前新鮮的光景感到訝異，不由得鑑賞起這幅未裱框的畫。少女以彷彿站在懸崖邊緣那般危險的姿態凝望著水面。除了哀愁、落寞的感覺之外，也有如從海底冒出的岩石，散發出銳利而堅固的鋒芒。桂川的景觀一如既往。遠方是北山泰然自若的稜線，彷彿亙古以來皆是如此，一成不變地將晝與夜、天與地一分為二。唯有站在勾勒平滑曲線的河邊前端的黑衣少女與平日情景迥異，向Null主張著自己的與眾不同。

Null情不自禁地往前踏出兩、三步。砂礫在腳下沙沙作響。就在他險些有如被吸過去似地靠近時，多年來培養的自制力立刻打消了這個念頭。Null吸了一口氣，打算跟平常一樣，漠不關心地從她身旁走過。

這時，一陣風從上游吹來，吹飛了少女頭上的黑色蕾絲帽子，順著河畔飛了一段距離。幸好沒有掉進河裡。帽子以宛如粗製濫造的紙飛機那種令人心慌的平衡感掠過Null膝頭，落在長椅邊緣。Null彎腰拾起。

「謝謝你。」

少女朝這裡小跑步過來，微微低頭致意。Null這時才第一次聽見少女的聲音，也是第一次從正面端詳少女的體態與容貌。這時他發現少女長得比自己想像中的更標緻。這兩週明明幾乎每天都從她身旁走過，卻連臉都沒有看清楚。少女的身高比Null矮，雙眸帶點黃色，有如鎖住光芒的琥珀。感覺好像在哪裡見過，卻又想不起來。

Null默不作聲，準備要轉身離去，結果少女主動開口。

「你總是在這裡散步呢。」

「……嗯。」Null回頭應聲。除了事務性的內容以外，已經很久沒有人對他說話了，至於交談也是一樣。

「妳也是……」

「和音。真宮和音。」

和音嫣然一笑，拍掉帽緣的灰塵再重新戴好黑色的帽子。眼睛一帶再次籠罩在蕾絲的陰影下。這是Null第一次從河岸俯瞰下游的景色。直到今天以前，Null從未在散步的途中停下腳步回望。每次都只是心不在焉地邊走邊凝視上游。所以雖然看過朝這邊流過來的河水，但河水往前流動的景象卻是第一次看到。因為他下意識不想回頭。所以直到被少女叫住、將視線轉向一百八十度時，Null這才重新意識到原來自己的身後也有風景。

「我一直很好奇。呃……」

「我是Null。Nu～ll。」

「Null哥嗎。」和音嫣然一笑。「因為你總是在固定的時間來這裡散步，我一直很好奇這個人怎麼會這麼閒呢。」

多管閒事。Null以對方聽不見的音量喃喃低語。我可不是在玩，而是很認真地在煩惱。而且儘管再怎麼煩惱也煩惱不出個結果來……

「妳不用上學嗎？」

「我不去學校。學校很無聊。」

「怎麼說？」

「我也不知道該怎麼說。」和音搖頭。

「還是去上學比較好吧……」Null說到一半，噤口不言。落魄的自己如今有什麼資格給別人建議呢。

「今天怎麼了?怎麼穿著黑衣服。」

「啊，Null哥果然也注意到我啦。」

和音喜出望外的反應就像在河面漩渦中打轉的落葉。

「怎麼樣，適合嗎？」

「是啊。」

Null很給面子地予以肯定。漆黑的套裝反射著陽光，光燦耀眼。明明是吞沒一切的黑暗，竟然能如此光彩奪目。

「對吧，因為今天是個特別的日子。」

「特別？」

「嗯。不過是祕密。」

反正Null也只是隨口問問，所以沒再追究。而和音也沒有再透露更多訊息。

「要不要去那個沙洲上看看？那裡剛好能吹到很舒服的風，就跟開了電風扇一樣。」

「不要。」

Null直來直往地搖手拒絕，往後退了一步。

「……我還有別的事要忙。」

「騙人。你怎麼看都很閒啊。對了，Null哥你是做什麼的？」

「我是大學生。」Null說出自己就讀的學校，卑屈的口吻要是被同班同學聽見了，肯定會大發雷霆。但和音只是點點頭：「齁齁。」然後愉快地笑著說：「所以你將來要當醫生啊。」

不同於成熟的外表，和音以天真無邪的表情問他：「大學生都這麼閒嗎。」與印象中拒絕上學的小孩截然不同，Null有些錯愕。明明沒見過拒絕上學的小孩，他卻先入為主地認定拒絕上學的小孩不是受到欺負，就是家庭失和，認為他們都很憂鬱。但無論實情為何，和音看上去一點也不陰沉。不過，既然她平常都穿著制服，可以想見大概是不敢讓父母知道自己翹課吧。

「大學已經放暑假了。」

Null這才想起自己沒去考定期考。這麼一來，今年等於要白忙一場……事到如今已經無所謂了，但還是難免落入近似感傷的情緒。

「原來是這樣啊。那明天也能見面囉？畢竟一個人實在很無聊。」

「去學校不就好了。」

雖然大學是暑假期間了，但高中應該還要再過一個禮拜才開始放暑假。

「學校更無聊。吵吵鬧鬧的，好像動物園。」

和音像隻小狐狸似地噘起了嘴。

「這點我同意。再見啦。」

Null冷冰冰地結束了對話，繼續沿著河邊往下走。今天與他人的接觸似乎有點太密切了。

「Null哥。那個樣子不適合你喔。」

背後傳來和音的喊聲。

然而到了第二天，Null並未改變散步路線。直到穿上鞋、走出家門前，都還想著為了避免麻煩，乾脆改去金閣寺那邊好了，但是回過神來，人依舊走在平時的河邊。

「Null哥。」和音遠遠注意到他就開始大聲呼喊。她今天也穿著平常那套制服。

「這邊，這邊。」還用力地朝他揮手。反而是 Null 替她覺得不好意思。

「你果然來了。」

「我只是剛好路過。」

Null 不假辭色地回答，就連自己也無法說明他為什麼要來。

「我就知道你一定會來。」

「因為這是每天的例行公事。」

「好好好。」

和音笑得麗似夏花。

「問你喔，要不要去那個沙洲上看看。那裡會有很舒服的風吹過來。」

「沙洲？」

這麼說來，她昨天也說過一樣的話。但自己昨天已經斷然拒絕了。

「嗯，那邊沒有堤防擋著，清澈到可以看到河川的底部喔。」

定睛一看，河道有個變寬的地方，正中央形成一片長滿綠草的三角洲。兩岸架著一座小巧的木橋，可以從這邊走過去。

「不用了。」

Null 提不起興致地拒絕，但和音置若罔聞，大步流星地走向木橋。

「這邊，這邊。」

Null視而不見地順著河邊開始往前走，但已經站在沙洲上的和音朝他喊了好幾聲。「真拿妳沒辦法。」Null聳聳肩，轉身往回走，無可奈何地過橋。

先他一步抵達沙洲的和音正蹲在乾燥的草地上。

「你看，有很小的魚在游泳。」

她用掌心掬起一捧流速緩慢的河水。時值初夏，所以河水微溫。晶晶亮亮的水從指縫間滑落，回到原本的來處。

「嗯哼。」

和音用掬起的水精神抖擻地洗了把臉。隨著唰啦聲響躍動的水滴沐浴在陽光下，濺射出七彩虹光。她的這副模樣讓Null覺得很新鮮。

「妳今天沒化妝啊。」

「嗯。」和音抬起剛洗好的臉，眉開眼笑地點頭。

「昨天比較特別……我不是很喜歡化妝。」

「……這樣啊。」

「昨天的我比較好看嗎？」

「倒不是。」

河邊沒有其他人，Null坐在旁邊的草地上，隨即乾脆四腳朝天躺下。好久沒躺在住處以外的地方了。眼前不再是木紋暗沉的天花板，而是一望無際的天空；視野中央也不再是圓形的螢光燈管，而是耀眼的太陽。Null伸手遮在眼睛上方，偏頭看向在空中迤邐而行的雲絮。周圍瀰漫著青草的氣息。和音說的沒錯，順著河吹來的風在兩岸反射後相互干涉，形成漩渦似的氣流拂過臉頰，令人心曠神怡。

「如何，是不是喜歡上這裡了？」

「還不賴。」

Null靜靜地閉上雙眼。耳邊傳來潺湲的水聲。明明晚上一個人獨處的時候，只會聽見那輛大卡車緊急剎車的淒厲聲響。

「Null哥，你知道這是什麼花嗎？」

和音手裡拿著一朵白花。

「我從以前就很好奇。這種花好可愛，但我不知道它叫什麼名字。」

「這是春紫菀。」

「嗯哼。這就是春紫菀啊。我是聽過這個名字。」

和音對Null投以佩服的眼光。

「去上大學的人果然不一樣呢。」

「才沒關係呢。這種程度的常識誰都知道。」
「你說這種程度……那我不知道的話豈不是很沒常識嗎。」
「或許是吧。」
「好過分。」
見和音氣鼓了雙頰，Null 莞爾一笑。
「你終於笑了。」
和音喃喃自語。然後像是因此安心似地繼續說道：
「你昨天也一直板著臉。太好了。你不是不會笑的人。」
「是嗎？」
不——Null 心想。我應該已經變成不會笑的人了。自從十年前的那天起就是如此。
「啊，人家特地誇獎你，你又板回一張臉了。」
「有什麼關係。這才是我的本性。」
他小時候應該也很愛笑、很愛哭才對。最近也哭過，可是卻流不出眼淚來。從嘴裡流洩而出的就只有乾嘔般的呻吟。
「好奇怪的本性啊。」
Null 沒有回答，再次閉上雙眼。不知道為什麼，總覺得閉上眼睛能讓心靈稍微平靜一點。雖然只有一些些，但這也是個新發現。

「Null哥為什麼每天都在這裡走來走去？」

「就只是來散步而已。」

Null閉著眼睛回答。

「騙人。你看起來一點也不開心。」

「因為我在想事情。」

「什麼事情？」

「……」

「你每天都在走路，所以你每天都在想事情囉？是這麼嚴重的問題嗎？是學校要交的報告，還是考試的題目？」

「都不是。」

如果是這麼單純的問題，那該有多麼輕鬆啊。

「就算說了妳也不會懂。」

「小氣鬼。反倒是你一個人就算想破頭也想不出個所以然來不是嗎。你沒聽過『三個人湊一起，智慧堪比文殊菩薩[16]』嗎。大家一起思考才能想出比較多答案。」

「是文殊啦。」

「對啦。能嬝美文殊的智慧。雖然我們現在只有兩個人，但也比你一個人強。」

就算告訴這個少女，想必也解決不了任何問題。因為這是 Null 自己的問題。別人給再多的建議也於事無補。這是只有 Null 自己才能解決的問題。

「那妳又怎麼說呢。每天都蹺課跑來這裡。」

「啊！我該回家了。不然要挨罵了。」

和音瞥了手錶一眼，迅速地起身。

「明天見。」也不等 Null 回答，她就逕自過橋，衝向堤防。

被留下來的 Null 一臉茫然，他無可奈何地應了聲「嗯」，然後再次躺回到沙洲上。

從那天起，Null 就開始與和音在桂川的沙洲見面。沒有任何目的，就只是坐在乾燥的草地上，天南地北地聊上一個小時。拜她所賜，Null 的散步行程比以前多了一個小時，但這並不會構成任何困擾。單純只是原本煩悶地盯著住處牆壁的時間減少了一小時而已。

對這個世界毫無興趣的 Null 著實沒有任何話題可以拿出來聊天，所以和音說的話幾乎是 Null 的十倍、二十倍。跟和音在一起的時候，Null 依舊找不到人生的目的，但至少有個人可以說說話。不同於跟乃梨子交往的時候。那時 Null 無心開口，都是對方想找自己說話。從這個角度來思考，雖然只有一點點，總覺得好像拿回了一點主導權。最近夢到那個青年的次數也減少了。

有一天，Null因為感冒的關係沒跟平常一樣去桂川散步，整天都躺在被窩裡睡覺。不可思議的是，Null雖然身子虛，但是他很少生病，所以感冒病倒對他來說是一種很難得的體驗。或許是因為上大學以前都在苦讀的關係，到了現在反而因此過著規律的生活吧。進了大學以後又很少去上課，所以睡眠時間也十分充足。久違的感冒讓身體不太舒服，出不了門。於是Null從早到晚都望著住處窗外天氣陰陰的風景。

直到夕陽西下，覆蓋整片天空的白雲開始染成紅色時，Null聽見有人敲門。

「來了。」Null剛從被窩裡應聲，和音的臉就從門縫出現。然後以一副警察辦案的樣子往屋裡看了一圈。

「原來如此。這裡就是Null哥租的房子啊。」

「和音。」

Null連忙坐起來。

「妳怎麼來了？」

「真的什麼也沒有耶。」

和音也不回答Null的問題，一臉被他打敗似地嘆息。

⑯正確的諺語是「三人寄れば文殊の知恵」。意思是即便是三個普通人湊一起思考，也能激發出能媲美文殊菩薩智慧的點子。和音這裡誤用的「文部省」是日本政府負責教育、學術、文化、體育等事務的單位，於二〇〇一年與科學技術廳整合為文部科學省。

這間坐南朝北的六疊空間套房就像是個房客搬走後的空房，殺風景又冷清。除了廚房用品和Null現在使用的棉被、收起來立在牆邊的暖被桌、十二吋的電視以外，其他物品全都被塞進了壁櫥深處，不見天日。其實老家經常給他寄東西，但是對於除了那個青年的亡靈與Null自己外就沒有其他人存在的世界而言，多餘的東西都是累贅。電視也只是用來看天氣預報而已。

和音像個好奇寶寶似地看著狹小的室內。

「你感冒啦？今天沒見到你，害我有點擔心。」

「妳怎麼知道我住在這裡？」

Null勉強撐起倦怠的身體，又問了一遍。

「因為我無所不知呀。」

和音臉不紅、氣不喘地撒謊。大概是以前跟蹤過他吧，但是因為感冒而變得反應遲鈍的Null居然有一剎那相信了她的話。

「你的感冒好像很嚴重。」

和音在三和土那裡擺好脫下的鞋子，連一句「打擾了」也沒說，就走到Null的被窩旁。她雙手扠腰，嘆出一口氣。

「真拿你沒辦法。我煮稀飯給你吃吧。」

和音熟練地拿起廚房的鍋子，打開電子鍋的鍋蓋。

「喂，怎麼連白飯都沒有。」

「今天還沒煮飯。」

「你不打算吃東西嗎。」

真難以置信、傷腦筋啊你……和音以極為誇張的動作揮舞著勺子。

「真是的。要是我沒來，你不就餓死了嗎……我現在就煮飯。米放在哪裡？」

「流理台底下。」

Null無地自容得想挖個洞把自己埋進去。他指著流理台，以愈來愈失去氣力的聲音說道。

「喂，一粒米也沒有。」和音在流理台下方堆得亂七八糟的收納空間裡翻了半天，抓起被渣滓染成灰白，然而一粒米也不剩的米袋。「真是夠了，你是怎麼生活的呀。一個人住都是這樣嗎？」

Null不知道別人怎麼生活，所以也答不上來，靜默不語。

「真拿你沒辦法呀。我現在去買。你要活著等我回來喔。」

和音打開小冰箱，嘴裡嘟囔：「也沒有半顆蛋。」不只蛋，冰箱裡除了調味料及香辛料外空無一物。確認過這點後，和音又說：

「我順便買點配菜回來。」

「不用了，太麻煩妳了。」

毫無招架之力的Null終於有機會阻止她時，和音就已經走出房間了。

「Null哥，你說你沒去大學上課了對吧。也不打算當醫生了嗎？」

太陽下山時，和音邊用雪平鍋煮稀飯邊問他。又直又順的長髮在後腦勺紮成一束，身上穿著她自己帶來的白色圍裙。

「嗯，醫生是當不成了……」

自從知道無法成為那個青年後，就沒必要再立志懸壺濟世了。也提不起勁。大概是因為行醫並非他「真正想做的事」。

「太可惜啦，好不容易考上大學的。」

和音並不像她的語氣那麼同情或失望。對和音而言，這畢竟不關自己的事。

「不過這樣也好。多虧你不去上課，我們才能每天見面。如果你想當醫生，一定每天都得去上學吧？」

「或許是吧。」

雖然只過了一年，不曉得以前一起吃喝玩樂的社團同學現在過得如何？Null冷不防想到這點。還跟去年一樣悠悠哉哉地夜夜笙歌嗎？或是已經開始準備主修課程，乖乖地去上課呢？

「那你要不要打工？有一份很有趣的工作喔。」

「打工？」

和音突然換上有如人力派遣公司員工的口吻，Null不禁目瞪口呆。

「嗯。他們目前正缺採訪助理。地點在京都，規模不大，專門出版雜誌的。」

「妳也在那裡打工嗎？」

「我認識那裡的總編，你要不要去試試看？」

「打工啊。」

「一開始雖然只是工讀生，但如果順利的話，或許有機會直接升上來當編輯呢。」

因為都沒去上課，今年應該是當定了。運氣好一點的話是留級，不好的話可能會被退學。這麼一來，就連父母可能也會對自己死心。是時候該好好考慮今後的生計了。

總之得先活下去才行……死亡是對捨命救了自己的那個青年最大的侮辱。即使是鑽牛角尖的Null也心裡有數。

「那就去試試看吧。」

考慮了半晌後，Null得出結論。他完全不知道採訪的工作要做什麼。但如果只是助理工讀生，即使是一無是處的自己或許也能勝任吧。

「那我就幫你們牽線囉。」

和音笑得很開心，見鍋裡的粥已經沸騰後，就關掉瓦斯爐火，把粥舀到碗裡，撒上海苔。

「煮好了。」

「謝謝。」

Null不明白自己要去打工為何會讓和音如此高興。不過只要能讓和音高興的話，或許這樣也不錯。Null用燒得迷迷糊糊的腦袋這麼想著。

「如何？」

先嘗了一口，感覺有點焦，口味也有點鹹，但是對Null而言，這是久違的熱騰騰而且像樣的一餐。

「很好吃喔。」

這是Null的真心話。

雜誌社的工作比Null想的還要忙碌，對肉體非常不友好。為了協助採訪，他常常要馬不停蹄地在京都府南來北往，整理訪問的內容、將對談的錄音帶聽打成文字稿。無暇再與和音在河邊見面後，和音乾脆過來幫忙，時而與總編閒話家常、時而告訴Null一些他不知道的社會新聞。

工作時，Null可以暫時忘了那個青年。但夜晚獨自回到住處後又會再次想起。結果還是治標不治本，只是利用忙碌來轉移注意力。但因為是和音介紹的，所以Null也不好意思太快辭職。總之先做一年左右看看吧。反正除了思考、除了自尋煩惱以外，Null也沒有別的事情可以做。

做了一陣子，上頭開始經常指派 Null 單獨進行一些簡單的採訪，不知不覺間，他有了「半正職員工」的頭銜。時間來到夏天，總編輯命 Null 到一座島上採訪。

這份差事為什麼會落到自己頭上，他比誰都莫名其妙。因為只要別惹惱那群聚集在島上、比他年長二十多歲的人，這份工作就跟去避暑勝地度假沒有兩樣。決定由 Null 負責採訪時，其餘六名「正職」記者們都露出欽羨不已的表情。雖說只是小規模的月刊雜誌社，但工作十分繁重。他們應該是想假藉工作的名義，暫時與家人分開，稍事休息。莫非這是上個月由 Null 撰寫的特輯受到好評的獎勵嗎？

所以 Null 起先對於明知會招來周圍的反感或嫉妒卻還要去那座島採訪感到抗拒。因為自己早在當年的那一瞬間便已占盡好處。倘若真有所謂的「神」存在，平等地將幸與不幸分配給世人，那麼自己無疑只剩下不幸。這是 Null 對自己的認知。他之所以沒有屈服於周圍無聲的壓力、主動辭退採訪的任務，反而就這麼跳上駛向和音島的汽艇，全都是因為聽到風聲的和音吵著說：「我也要去！」、硬是要跟著來。不幸的是總編不知是哪根筋不對了，還是神經太大條，又或者只是單純拗不過和音，竟然答應讓她以助手的身分同行。所以其他的記者都誤會他們兩個人是要一起去度假，直到出發前都還是用酸溜溜的語氣祝他一路順風。

「妳出來外面不要緊嗎？還得在船上待兩個小時喔。」

因為暈船的關係，離開港口後還沒多久，和音就躺在船艙的椅子上休息。

「還要這麼久啊……可是船艙裡也太無聊了，都是些老人家。而且灰塵也太多了，會弄髒衣服。」

和音猛然想起似地拍拍方格紋裙的前後。但因為濕氣而沾附在布料上的塵埃可沒那麼容易拍掉。就像黏在筷子上的納豆，只會四兩撥千金地牢牢巴住同一個地方。

「欸，討厭死了。」和音失去耐性地犯嘀咕。

「妳就不要跟著我來這種地方，乖乖去學校不就好了。」

「不好意思，現在放暑假。我想去也去不了喔。」

「總會開學吧。」

「那也是一個禮拜後的事了。」

「那，妳就只能忍耐啦。」

「欸——」和音露出像是吃到壞掉蘋果般的表情發起牢騷。「我沒辦法忍耐啦。」

「跳下去說不定很痛快呢。」

Null的視線望向大海。自己的身影倒映在撞上船身而碎裂歪斜的水面上，令他想起當時那個被大卡車輾得血肉模糊的他。明明是亟欲忘卻的記憶，然而只要有個風吹草動就會湧上心頭，真是諷刺。

「真的好噁心。」

「這是很好的經驗。妳應該徹底領悟到，任性在大自然面前一點也不管用吧。」

「瞧你正經八百地說什麼『大自然』。我可是認真的。」

只見和音用右手摀住嘴巴，一副隨時都會吐出來的樣子，然後一把抓住他的手臂，就要把他拉進船艙。和音的手明明沒什麼力氣，卻有著難以置信的強制力。Null無法違抗，無可奈何地任由她把自己給拖進船艙裡。

「馬上就要抵達了。」

……兩小時後，駕駛員的聲音從擴音器裡傳了出來。船頭的遠方瀰漫著霧氣，那座小島逐漸現出了身影。

鏡頭轉向萬里無雲的夏日晴空，不久後歸於靜止。在這片藍得望不見一朵雲的天空中，右下角浮現出一個小家子氣的「終」字。伴隨著沉鬱而單調的旋律，畫面開始跑出製作名單，然後電影到此結束。

在那之後，只剩下底片膠捲「喀洽喀洽」的空轉聲。

*

黑暗中，烏有正在消化剛才看到的所有的電影內容。一句話也說不出來。不對，應該說是無言以對。

這到底是什麼……

眼前的膠捲、電影影像都遠遠超出他所能理解的範圍。Null……不就是我嗎……

這到底是什麼……

所有的劇情都跟他截至目前的人生不謀而合。烏有無法不承認這個荒謬的事實……這不是二十年前的電影嗎？京都的場景中確實有市電⑰行駛，儼然二十年前的場景……

然而，無法否定的事實此時此刻正呈現在他眼前……導致他所有的思考都斷線了。停止判斷……就像受到隕石的集中攻擊，又像一絲不掛地被放逐到宇宙空間那樣，難以抵擋的強烈衝擊從內側撞上烏有。這兩、三年來在他傷痕累累的體內形成的無數坑洞，正遭受到冰冷、狂嘯的風勢吹襲。

這到底是什麼……

這到底是什麼……

這到底是什麼……

這到底是什麼……

這到底是什麼……

這到底是什麼……

這到底是什麼……

這到底是什麼……

這到底是什麼……

這到底是什麼……

這到底是什麼……

這到底是什麼……

這到底是什麼……?

無論問再多次，都無法得到答案。因為他只能提出問題，卻無法思考。但……桐璃就是那個少女嗎?……那個琥珀色眼睛的……

冷靜一點，仔細思考看看——烏有拚命想冷靜下來。為了看清楚阻擋在眼前的銅牆鐵壁，必須跳脫被自己這個肉身禁錮的立場。

⑰京都市交通局於一八九五年開通的市區路面有軌電車系統，於一九七八年廢除。

因為一路看下來，這根本不能稱之為電影，只是一堆畫面的羅列。沒有任何令人印象深刻的高潮、主張或訊息。也沒有任何與奏鳴曲這個主題有關的展開或呈現，只是一部單純的紀錄片。就連主旨都無法理解。先別說是不是傑作了，甚至連電影的結構都沒有。為什麼要拍成這樣呢？

更何況……演出十七歲「真宮和音」的根本不是真宮和音本人。和音在電影裡從頭到尾都沒有露面。演出「真宮和音」的，是二十年前的村澤……不，是武藤尚美。

尚美就是和音？……怎麼可能。那幅肖像畫跟尚美沒有絲毫相似之處不是嗎？

「——」

就在這一刻，尖叫聲——而且是撕心裂肺的尖叫聲撼動整個屋子。就在烏有的腦細胞全面展開到極致、就快要破裂的瞬間，淒厲的叫喊讓烏有——讓茫然自失地盯著漆黑大銀幕不放的烏有意識回歸了。

他認得這個聲音。慌不擇路地衝出放映室，往三樓直奔而去。

4

那是桐璃的聲音。極為尖銳，拖著長長的尾音，彷彿從喉嚨深處硬是擰出來的尖叫聲……是桐璃的聲音。

烏有用最快的速度在三樓彎曲的走廊上狂奔。驚心動魄的尖叫聲透露著事情非同小可，象徵著破滅。而且是非常、非常、非常嚴重……無法挽回的狀況。

腳步追不上急如星火的心情，好幾次都差點在歪斜的柔軟地毯上摔倒。桐璃出了什麼事？莫非是他最擔心的可能性變成事實了？

烏有非常後悔自己為什麼要一個人去看電影。為什麼這麼大意呢？為什麼要讓桐璃落單呢？但願還來得及……他一面祈禱、一面趕往桐璃的房間。

房門半掩。從門的另一邊、從房間裡清晰且激烈地傳來桐璃說是快斷氣也不為過的呻吟聲。隔著門板彷彿都能看見桐璃奄奄一息的痛苦模樣。那一瞬間，桐璃與那個青年的身影有如重疊在一起的毛片。

「桐璃！」

抓住門把的手抖得有如秋風中的落葉，但現況已經不容許逃避。他右手用力，直接把門推開。

桐璃蹲在房間的正中央。

「桐璃！」

烏有只能跳針似地反覆喊她的名字。除此之外，什麼都無法思考。腦海中就像是這個房間的天花板，一片空白。

桐璃蹲在房間中央……忍耐著難以忍耐的痛苦、承受著難以承受的煎熬，身體劇烈地上下左右晃動，咬牙呻吟。就像是被雷打到似的，肌肉劇烈痙攣，全身大幅的震動與四股微微的顫抖活像是教堂共鳴的大鐘。又像是蝦子那樣苦不堪言地弓著身體。

痛苦到連旁人都看不下去的模樣令烏有一時半刻反應不過來。

「……桐璃。」

「好痛、好痛、好痛喔。」

尖叫與尖叫間夾雜著桐璃泣不成聲的哀號。不僅如此，她還用雙手按著臉、痛哭失聲。剛流出來的鮮紅血液從在此之前都還是白皙美麗的手指指縫間不斷滴落。鮮血有如潰堤的湧泉般奔流而出，沿著雪白、纖細的手腕拉出好幾縷紅繩，不只染紅了衣服，還在桐璃的周圍形成一汪血池。

——她的臉受傷了？明明已經看慣鮮血淋漓的場面，烏有卻從來沒有這麼不知所措過。

「桐璃！」

「……有……哥？烏有……哥嗎？」痛苦中的桐璃似乎總算聽見烏有的聲聲呼喚，以微弱的聲音回答。這大概是桐璃使盡全力的音量了。滿是鮮血的右手顫巍巍地想伸向烏有，但因為實在太痛了，途中就頹然落下。

「發、發生什麼事了？妳的臉怎麼了？」

烏有火速衝到她身邊，抱住桐璃的肩膀，讓她面向自己。

「怎麼了？」

「不要啊啊啊啊！」

桐璃發出驚恐的尖叫——烏有好怕這是她臨死前的最後一聲吶喊——然後暈了過去。不知是因為痛苦，還是受到攻擊時的記憶又在腦海重現了。桐璃在烏有的懷中散盡全身的力氣，癱軟下來的纖細手臂無力地垂落在地毯上。有如人體模特兒般冰冷、僵硬。頭也軟綿綿地向後仰。微微張開的嘴角垂落一條紅線。有如失去魂魄的空殼……

烏有窺探她儘管滿是鮮血仍顯得蒼白如紙的臉龐，忍不住背過臉去。

髮絲因為鮮血的關係，正閃爍著微弱的紅棕色。因為一直用手蒙著白皙的臉龐，手也被血染成髒兮兮的紅色。血從耳朵周邊順著後髮際滴落。右眼了無生氣，翻著白眼，凝視著虛空。然後左眼……左眼的位置，不，原本應該是左眼所在的位置變成一個幽暗的空洞，正敞開了大口。彷彿通往無限的空洞……

有如沙漠中泉湧而出的綠洲清泉，染紅了整張臉的鮮血似是毫無止盡地從左邊的眼窩裡、從那深不見底的黑暗裡汩汩流淌。

「……桐璃。」

如果在那裡鑲上珍珠，會適合她嗎？如果換成鑽石、紅寶石、祖母綠呢……

這不是重點，重點是那個深淵裡最重要的東西——最重要的光芒沒有了。一旦光輝消失了，就只剩下無邊無際的黑暗。就算蒐集全世界的寶石，也換不回那道光芒。

「發生什麼事了？」

耳邊傳來某人的聲音。好像是村澤，但此時此刻的烏有已經沒有餘力辨認是誰了……因為失去這道光的人其實是自己。

「別過來！」

他以顫抖的聲音背對著對方大叫。「……別過來、別過來。」喊了好幾次。但聲音一次比一次微弱。烏有緊緊抱住桐璃，湧出的血還沒有停歇。血液滲進了烏有的衣服，但那種事已經無所謂了。桐璃的臉被自己的血和烏有的淚染成櫻桃色。可是，這什麼也洗刷不了。

「我、我去拿醫療用具。我記得就放在水鏡先生的房間裡。」

村澤以緊張的語氣說道，三步併成兩步地匆匆離去。然後是房門「碰」一聲關上的聲響。音量不大，但是就連烏有逕自閉上的耳朵也聽見了。

烏有看著自己滿是鮮血的雙手、看著這雙緊要關頭竟然沒能保護好桐璃的手。有等於沒有的手……感覺自己要發瘋了。好想逃離這裡，跳進日本海的洶湧浪濤之中，永遠不要再浮起來！

我一直以來到底在做什麼啊？我做的一切不都是為了保護桐璃嗎？保護桐璃不就是我的新目標、不就是我活下去的動力嗎？

然而，如今一切都毀了。就算桐璃僥倖撿回一條命，可是留下的傷也太嚴重了。這個事實實在過於殘酷。

我果然是個沒用至極的傢伙。無論做什麼、無論怎麼做……烏有凝望著桐璃臉上那黑暗的空洞，自怨自艾地淚盈於睫。他只能用手捧著現在仍不斷湧出的鮮血，連止血都辦不到。直到兩年前，他都還是以成為醫生為目標，如今卻束手無策，比門外漢還更不如。他幾乎就要忍不住發笑了。嘴角卑屈地痙攣，無法抑制。

萬一桐璃再也醒不過來……他不知道眼睛被挖出來還能不能活下去。就算大難不死，對這個少女、對這個才十七歲的少女而言也太殘酷了。屆時……自己肯定也沒辦法苟活。反正這條命早在十年前就該丟了。

這麼說來——烏有的笑聲愈來愈大。這麼說來，每次死去的都是他身邊的人。從十年前就一直是這樣。儘管他的心受傷了，但肉體卻從未受到任何苦痛。就像背負著原罪的亞當、又像殺死弟弟的無能該隱，只能在知道一切的情況下苟且偷生。甚至還無法用自己的雙手為這一切劃下句點。要是自己……這時烏有深切地體認到一件事。他只是在裝作傷心難過的樣子。實際死去的是那個青年、實際受害的是被挖出眼球的桐璃。每一次、每一次，受傷的都是別人。每一次都有人代替自己吃苦受累。

懊悔、傷心都只是自己一廂情願的感覺。烏有自身可曾受到過任何懲罰？

在自己的人生中？

不，考大學落榜只是因為自己實力不足，不能怪罪別人。況且他才二十一歲，還有太多機會可以重新來過。比起桐璃和那個青年、或者是死在這座島上的那些人，自己的處境簡直有如蒙受天恩眷顧，真是荒謬。

烏有想用力抱緊桐璃。以顫抖的手、戰慄的臂彎抱住這副柔弱萎靡的身軀。但又深怕太用力會加速出血，所以連緊緊地擁她入懷都不敢。

「啪噠」一聲，門開了。村澤與神父走了進來。手裡拿著醫藥箱、繃帶、還有紗布。

「這實在太嚴重了。」

派翠克神父不由自主地停下腳步，迅速地在胸前畫了個十字。

「我來看看吧。畢竟我還有一點醫學基礎。」

跟烏有不一樣，神父上過專業的課程。他拿著醫藥箱繞到正面。看了看桐璃蠟像般的臉，再看看左眼，倒抽了一口氣。但終歸是成人了，沒讓震驚表現在臉上。神父從烏有手中、從身體已經麻痺的烏有懷裡搶過桐璃，將枕頭墊在她的頭下，用紗布拭去她臉上的血污。

「必須立刻止血才行。」

神父請村澤幫忙，要他打開上頭印有鮮明紅十字標誌的醫藥箱，拿出藥品及器具。

烏有對接下來發生的事已經沒什麼印象了。神父為桐璃注射麻醉藥物時，他應該六神無主地坐在旁邊的床上，失魂落魄地盯著看，但幾乎沒有在那之後的半點記憶。腦髓陷入超載的狀態，自行斷電了。要是再繼續看下去，天曉得會不會發瘋。但或許他早就已經瘋掉了……

害桐璃變成這樣的犯人可能就在神父與村澤這兩個人裡面。但烏有已經無暇思考這個可能性了。目前的當務之急就是先救回桐璃的命。就算遞出的只是根稻草、就算伸出援手的是惡魔都無所謂，只要能抓住的都要抓住。

「這樣暫時應該沒問題了。」

過了一小時左右（當然，烏有已經沒有時間的感覺了，是從桌上的時鐘得知的），派翠克神父拭去額頭上的汗水，輕聲說道。他跟村澤合力把昏迷不醒的桐璃搬到床上。

「如月老弟，接下來就交給你了，可以嗎？」

整張臉幾乎有一大半都被繃帶遮住，慘不忍睹。那副模樣就像是木乃伊或是透明人。惹人憐愛的桐璃原本擁有優於一般人的美貌，如今竟落得這般下場，令人不勝唏噓。她才十七歲啊……即使隔著一層又一層的繃帶，依然能清晰地看出左眼整個凹陷下去的陰影。

「每隔五小時就要換一次左眼的脫脂棉。還有，她發燒了，所以要弄個冰枕替她降溫，然後餵她吃醫藥箱裡的退燒藥。」

「我們輪流吧。」村澤主動提議，但是遭到烏有強硬的拒絕，所以他也就沒有再多說什麼了。

「不過能撿回一條命或許已經是不幸中的大幸了。」

即使有些冷酷，但村澤的結論確實非常適用於現在的狀況。畢竟和音館已經死了兩個人……

「給兩位添麻煩了。」烏有想道謝，但舌頭打結，連一句話都說不完整。只能像吐痰似地從口中吐出乾咳。

——桐璃到底做錯了什麼。

烏有隔著繃帶溫柔地撫摸桐璃的臉。指尖從下巴的輪廓輕撫到耳際、太陽穴、額頭。全新的繃帶正以粗糙的觸感狠狠地譴責烏有。

「桐璃……」

那一天，烏有哭了一整夜。

VII

八月十一日

・桐璃直到天亮都還發著高燒。好幾次超過四十度，在鬼門關前徘徊，始終昏迷不醒。昏迷時還不斷囈語，口中嘟囔著「烏有～哥、烏有～哥」，一直向他求救。烏有只能用手摀住耳朵，無法回應桐璃的呼救，也無法為她做什麼……無論我做什麼都只會壞事。

・桐璃最需要烏有時，他卻不在桐璃身邊。當時他正被逼著面對過去那不祥的現實，動彈不得。淚已流乾，只能發出嗚咽的吶喊。不確定桐璃的體力能否戰勝這場高燒和這樣的疲勞。就連不時來探視桐璃的神父也不敢給予明確的保證。只是憂心忡忡地檢查桐璃的狀況，絕口不提「救得活」或「救不回來」。害人終害己……說穿了就是這麼回事。烏有和桐璃介入太深了。不可能一切都跟推理小說的情節一樣發展得那麼順利。就如同過去無數次的悔不當初，烏有對自己的天真感到極度後悔。

・到底是誰……中午過後，烏有終於開始思考這個問題。大概是半天過去，已經有餘力觀察周圍的情況了。雖然有餘力，但也遠遠不及平常的程度。是誰害桐璃變成這樣的？是到現在都還沒有現身的人物，還是其他人呢。村澤、尚美、神父……

・恐懼是他們視桐璃為眼中釘的原因，從這個角度來說，每個人都有動機。所以烏有必須保護桐璃到底。

・視線不經意地落在地毯上，上頭還殘留著怵目驚心的血跡，在稍遠的地方，烏有發現了三根較長的毛髮。撿起來在燈光下細看，三根都是微帶鬈度的黑髮。這不是桐璃的頭髮，桐璃是帶棕色的直髮。那麼是……村澤夫人。只有她留著一頭漆黑的長髮。她應該沒來過桐璃的房間才對。尚美從昨天晚上就不見人影。而且挖出眼球這種歇斯底里的殘酷舉動感覺也比較像是「女人」會做的事。這大概是一種偏見吧，但烏有直覺相信就是如此。

・……可是，為什麼只攻擊眼睛？而且只挖出一隻眼呢？如果是因為對和音的恐懼，直接殺死桐璃還比較自然。畢竟他們過去也做過相同的事……那為什麼只針對眼睛呢？

・烏有認定是尚美下的毒手，與此同時又產生了新的疑問。不過和擺在眼前的事實以及對尚美的深惡痛絕相比，這些疑問小到幾乎可以略過不提。

・當太陽開始西斜，又到了更換脫脂棉的時刻。烏有迅速地解開繃帶，取下左眼稍微被染成黑褐色的棉花，換上新的脫脂棉。每次看到這個深淵，都是烏有最恐懼的時刻。感覺自己犯下的罪行、自己犯過的罪孽化為具體的利刃，抵住了自己的咽喉。就像是罪人的烙印。如果是自己的眼球被挖出來，大概還能自我解嘲。但為什麼偏偏是無辜的桐璃……烏有背負的十字架、犯下的罪行真有這麼嚴重嗎？看著桐璃再也回不來的左眼，烏有又開始痛哭。他以顫抖的手按住脫脂棉，盡可能背過臉去，為桐璃纏上新的繃帶。

・那一天，烏有盯著桐璃，以及窗外的大海、天空、水平線看了一整天。日升、日落、月升……一切都沒有任何改變。世界終日流轉，卻又與往常無異……依舊在窗外開展。這也讓烏有感到憤恨不已。

・然後，一夜過去，早晨再次到來。

Ⅷ 八月十二日

0

初次與桐璃交談的隔天，烏有並未改變散步路線。直到穿上鞋、走出家門前，都還想著為了避免麻煩，乾脆改去桂離宮那邊好了，但是回過神來，人依舊走在平時的桂川河邊。

「烏有～哥。」桐璃遠遠注意到他就開始大聲呼喊。她今天也穿著平常那套制服。

「這邊，這邊。」還用力地朝他揮手。反而是烏有替她覺得不好意思。

「你果然來了。」

「我只是剛好路過。」

烏有不假辭色地回答，就連自己也無法說明他為什麼要來。

「我就知道你一定會來。」

「因為這是每天的例行公事。」

「好啦好啦。」

桐璃笑得麗似夏花。

「問你喔，要不要去那個沙洲上看看。那裡會有很舒服的風吹過來。」

「沙洲？」

這麼說來，她昨天也說過一樣的話。但自己昨天已經斷然拒絕了。

「嗯，那邊沒有堤防擋著，清澈到可以看到河川的底部喔。」定睛一看，河道有個變寬的地方，正中央形成一片長滿綠草的三角洲。兩岸架著一座小巧的木橋，可以從這邊走過去。

「不用了。」

烏有提不起興致地拒絕，但桐璃置若罔聞，大步流星地走向木橋。

「這邊，這邊。」

烏有視而不見地順著河邊開始往前走，但已經站在沙洲上的桐璃朝他喊了好幾聲。「真拿妳沒辦法。」烏有聳聳肩，轉身往回走，無可奈何地過橋。

先他一步抵達沙洲的桐璃正蹲在乾燥的草地上。

「你看，有很小的魚在游泳。」

她用掌心掬起一捧流速緩慢的河水。時值初夏，所以河水微溫。晶晶亮亮的水從指縫間滑落，回到原本的來處。

「嗯哼。」

桐璃用掬起的水精神抖擻地洗了把臉。隨著唰啦聲響躍動的水滴沐浴在陽光下，濺射出七彩虹光。她的這副模樣讓烏有覺得很新鮮。

「妳今天沒化妝啊。」

「嗯。」桐璃抬起剛洗好的臉，眉開眼笑地點頭。

「昨天比較特別……我不是很喜歡化妝。」

「……這樣啊。」

「昨天的我比較好看嗎？」

「倒不是。」

河邊沒有其他人，烏有坐在旁邊的草地上，隨即乾脆四腳朝天躺下。好久沒躺在住處以外的地方了。眼前不再是木紋暗沉的天花板，而是一望無際的天空；視野中央也不再是圓形的螢光燈管，而是耀眼的太陽。烏有伸手遮在眼睛上方，偏頭看向在空中迤邐而行的雲絮。周圍瀰漫著青草的氣息。桐璃說的沒錯，順著河吹來的風在兩岸反射後相互干涉，形成漩渦似的氣流拂過臉頰，令人心曠神怡。

「如何，是不是喜歡上這裡了？」

「還不賴。」

烏有靜靜地閉上雙眼。耳邊傳來潺湲的水聲。明明晚上一個人獨處的時候，只會聽見那輛大卡車緊急剎車的淒厲聲響。

「烏有～哥，你知道這是什麼花嗎？」

桐璃手裡拿著一朵白花。

「我從以前就很好奇。這種花好可愛，但我不知道它叫什麼名字。」

「這是姬女菀。」

「這就是姬女菀啊。我聽過這個名字。」

桐璃對烏有投以佩服的眼光。

「去上大學的人果然不一樣呢。」

「才沒關係呢。這種程度的常識誰都知道。」

「你說這種程度……那我不知道的話豈不是很沒常識嗎。」

「或許是吧。」

「好過分。」

見桐璃氣鼓了雙頰，烏有莞爾一笑。

「你終於笑了。」

桐璃喃喃自語。然後像是因此安心似地繼續說道：

「你昨天也一直板著臉。太好了。你不是不會笑的人。」

「是嗎？」

不——烏有心想。我應該已經變成不會笑的人了。自從十年前的那天起就是如此。

「啊，人家特地誇獎你，你又板回一張臉了。」

「有什麼關係。這才是我的本性。」

他小時候應該也很愛笑、很愛哭才對。最近也哭過，可是卻流不出眼淚來。從嘴裡流洩而出的就只有乾嘔般的呻吟。

「好奇怪的本性啊。」

烏有沒回答，再次閉上雙眼。不知道為什麼，總覺得閉上眼睛能讓心靈稍微平靜一點。雖然只有一些些，但這也是個新發現。

「烏有～哥為什麼每天都在這裡走來走去？」

「就只是來散步而已。」

烏有閉著眼睛回答。

「騙人。你看起來一點也不開心。」

「因為我在想事情。」

「什麼事情？」

「……」

「你每天都在走路，所以你每天都在想事情囉？是這麼嚴重的問題嗎？是學校要交的報告，還是考試的題目？」

「都不是。」

如果是這麼單純的問題，那該有多麼輕鬆啊。

「就算說了妳也不會懂。」

「小氣鬼。反倒是你一個人就算想破頭也想不出個所以然來不是嗎。你沒聽過『三個人湊一起，智慧堪比阿修羅嗎。大家一起思考才能想出比較多答案。」

「是文殊啦。」

「對啦。能媲美文殊的智慧。雖然我們現在只有兩個人，但也比你一個人強。」

就算告訴這個少女，想必也解決不了任何問題。因為這是烏有自己的問題。別人給再多的建議也於事無補。這是只有烏有自己才能解決的問題。

「那妳又怎麼說呢。每天都蹺課跑來這裡。」

「啊！我該回家了。不然要挨罵了。」

桐璃瞥了手錶一眼，迅速地起身。

「明天見。」也不等烏有回答，她就逕自過橋，衝向堤防。

被留下來的烏有一臉茫然，他無可奈何地應了聲「嗯」，然後再次躺回到沙洲上。

從那天起，烏有就開始與桐璃在桂川的沙洲見面。沒有任何目的，就只是坐在乾燥的草地上，天南地北地聊上一個小時。拜她所賜，烏有的散步行程比以前多了一個小時，但這並不會構成任何困擾。單純只是原本煩悶地盯著住處牆壁的時間減少了一小時而已。

對這個世界毫無興趣的烏有著實沒有任何話題可以拿出來聊天，所以桐璃說的話幾乎是烏有的十倍、二十倍。跟桐璃在一起的時候，烏有依舊找不到人生的目的，但至少有個人可以說說話。不同於跟伶子交往的時候。那時烏有無心開口，都是對方想找自己說話。從這個角度來思考，雖然只有一點點，總覺得好像拿回了一點主導權。最近夢到那個青年的次數也減少了。

1

又開始下雪了。

感覺一切都變得毫無意義。儘管直到前天都還繃得死緊的緊張感很令人難受，但至少還能得到某種充實的感覺。可如今……村澤和派翠克神父再三勸他多少要吃點東西，可是他一點也不覺得肚子餓，彷彿連胃都消失了。感覺現在要是吃了東西，可能又會吐出來。更何況，除非桐璃先吃，否則他連一口都不想進食。

烏有再度陷進哀傷的情緒裡。

「你有看到尚美嗎？」

村澤開門進來問道。儘管沒忘記要努力顧慮到烏有的情緒，但他的語氣還是難掩幾分煩躁。

「尚美人不見了。」

有眼睛都看得出來他的慌亂。舉動很難讓人想像會是那個村澤。但烏有並未回答。只是無力地把掛著濃重黑眼圈的臉轉向他，靜靜地搖頭。老實說，他連「尚美」這兩個字都不想聽見。感覺光是聽到這兩個字，血管就要破裂、崩壞了。

「抱、抱歉。」

村澤像是口吃似地道歉，然後慢慢地退到門外，把門關上。

「烏有～哥？」

當門關上、一切歸於寂靜時，桐璃發出了微弱的聲音，臉也抬了起來，微微睜開右眼。

「桐璃！」

烏有連忙衝上前去，把手貼在她的額頭上，燒已經退了。終於跨過了鬼門關。

「妳醒了嗎。」

烏有硬生生地壓下百轉千迴的思緒，以平靜的口吻對她說道。雖試圖在嘴角堆出笑意，但卻只能不聽使喚地抽搐。這麼說來，他長這麼大都還沒練習過要怎麼笑。

「已經不要緊了。」

「……」

桐璃用右眼瞪著天花板看了好半晌。

「這裡不是天堂吧。」

「不是。」

「你哭啦。」

「……呃……沒有。我才沒有哭。我在笑。」

「騙人。」桐璃氣若游絲地喃喃低語，然後慢吞吞地伸手摸向自己的臉。她幾乎沒有體力，所以看起來手也無法隨意活動。

「繃帶。我……的臉受傷了嗎？」

動作遲緩的右手探向左眼。烏有想阻止她，但已經太遲了。桐璃摸出左眼那邊的觸感非比尋常、摸出了包覆臉部的繃帶底下什麼也沒有……

「這是……怎麼回事？」

桐璃瞪大了右眼，瞳孔倏地擴散……烏有無從得知她是否已經領悟到一切。桐璃恐懼、詫異、呻吟、放聲尖叫、一心想從床上跳起來，卻又有心無力，陷入錯亂。烏有拚命地按著她，再加上桐璃的體力已耗盡，只能無計可施地在被窩裡痛苦掙扎。殷紅的指甲抓破雪白的肌膚，滲出淡淡的血跡。棕色的髮絲也被她甩得凌亂不堪，嘴巴張得大大的，發出撕心裂肺的喊叫……

「冷靜點。」

烏有用盡全身力氣按住桐璃的雙手，脫口而出的話語就連自己都覺得可悲且毫無建設性。要是同樣的事發生在自己身上，他也不可能冷靜得下來。肯定會跟現在的桐璃一樣……感覺自己按住桐璃的手，血管裡流的不是血、而是鉛液，沉重又遲鈍。遠比烏有想像的還要重。

掙扎了好一會兒，桐璃放棄了抵抗。她突然癱軟下來，再也沒有任何反應。這也難怪，她已經兩天沒吃東西了。

「……桐璃。」

「出去。」

桐璃用盡最後一絲力量虛弱地吶喊，接著把臉轉向旁邊，身體縮成一團。

「桐璃。」

「別看我。」

悲痛欲絕的喊聲。烏有完全能體會桐璃的心情。看的人已經夠難過了，可以想見被看的人感受到的痛苦絕對是幾千、幾萬倍吧。

「求求你……」

烏有離開床邊，把已經涼掉的稀飯擱在床頭的邊桌上。

「晚點再吃也沒關係，多少吃一點吧。」

以一蹶不振的語氣留下這句話後，烏有便靜靜地走出桐璃的房間。他搬出自己房裡的床，移到斜對面的桐璃房門口，設下屏障。心想應該只是多此一舉，但是萬一犯人又來攻擊桐璃的話，多少可以爭取一點時間吧。儘管事到如今已是杯水車薪了。

回到自己的房間，在書桌前坐下，彙整至今為止的來龍去脈。或許是稍微放心點了吧，烏有也多少可以梳理訊息、進行思考了。與此同時也感受到空腹感，他咬下一口他們先前送來的麵包……但唯獨身體的顫抖怎麼也停不下來。

總之不管怎樣，桐璃總算是得救了。至少她保住了一條命！烏有難得以正面的角度來看待這個事實。他非得這麼看待不可。

*

總之先整理一下……

因為睡眠不足和內心的動搖，理應無法冷靜、井然有序地整理思緒，但還是得盡自己所能。這是為了桐璃，為了自己……同時也是為了那個青年。

他已經沒有等候警察到來，把這一切交由別人解決的念頭了。必須要靠自己的雙手解開隱藏的謎團……這是上蒼留給他的最後一個使命、也是自己對桐璃微不足道的補償。對於沒能保護桐璃周全的烏有而言，這是他僅剩的任務。他已站在敦克爾克的懸崖邊，除了羸弱的右眼外，其餘全都已經沉入深深的海底。

烏有轉身望向窗外。遠方的圓形舞台映入眼簾。雪下得更大了，看來會積得跟七日早晨的時候一樣高。中庭的砂也逐漸被雪掩埋。那場在盛夏降下的雪原來是死亡的象徵。今天的雪也是一樣，感覺不得不判斷那就是悲劇的重現，除了不祥的預感，再無其他。難道真如神父所說，這一切都是「神」的旨意？

烏有凝視自己的手掌。掌心還沾著血……已經乾涸，變成黑色的血沾染了皮膚。那是桐璃流出的血。

*

烏有走出房間，去桐璃的房間看了一下。桐璃不知是第幾次昏睡過去了，傳來細微的鼻息聲。好擔心她會因為過度絕望而想不開……內心始終縈繞著這樣的不安，看樣子目前還只是杞人憂天。也或許是因為打擊太大，暫時還想不到那裡去……總之烏有暫且鬆了一口氣，重新把床推回房門口，轉身下樓。為了親眼目睹把桐璃捲進來的那群人會有什麼下場。烏有硬生生地壓下泉湧而出的猜忌之心……

我們兩個真的是局外人嗎？事到如今，他已經無法判斷了。特別是在看過那部電影之後。在《春與秋的奏鳴曲》裡登場的Null除了烏有以外不作第二人想，至於和音也活脫脫就是桐璃的翻版。那個出現在葬禮現場的少女、那個青年的妹妹，人物的原型無非就是桐璃本人。

不過，真的是這樣嗎？……他真的陷入了迂迴曲折的輪迴嗎？誰也不肯告訴他，所以他不知道青年叫什麼名字，不過印象中只在參加葬禮時看過一次的門牌，上頭標示的並不是「舞奈」。但或許只是自己的「印象」巧妙地將記憶竄改成對自己有利也說不定。

烏有不禁覺得這座島有一個相當龐大、巨大到難以理解且深遠的陷阱。看不見的蜘蛛網牢牢地纏住烏有，令他動彈不得，引導他走上命定的道路。問題是，什麼時候才能看到結局呢……

村澤坐立不安地在客廳喝著葡萄酒。

「村澤先生。」

被這麼一喊，只見他的身體劇烈地抖動了一下。從那個反應來看，似乎還沒有找到他的妻子。活該……烏有幸災樂禍地想著，但同時也嘲弄著內心這麼想的自己也是活該。

「還沒找到尚美小姐嗎？」

「嗯。」

村澤垂頭喪氣地點點頭。給人一種即便身處於不得不死心的情況下、仍毫不放棄地抓住一絲微弱希望的印象。

「舞奈小姐之後是尚美嗎……」

或許是有些醉意，略顯粗魯的言行舉止與平常的他相差十萬八千里。沒想到村澤這麼在乎尚美。如果是平常的烏有，可能會送上一兩句安慰的話，但此刻的烏有已經沒空理會他人的感傷。他的情緒都花在桐璃和自己身上了。烏有收緊臉上的表情，用下定決心的語氣對村澤說道：

「請讓我看和音的房間。」

「不行。」

被拒絕也是意料中的事。

「請讓我看看。」

烏有從背後拿出菜刀。手在發抖，刀尖也跟著大幅晃動，但他已經豁出去了。

「我無論如何都要看。」

村澤稍微往後退了一步，眼睛瞪著烏有。眼神依舊從容。應該不至於認為烏有只是在虛張聲勢，但也不怎麼驚慌的樣子。

「我已經無法忍受了。」

烏有一步、兩步地朝他逼近。村澤嚥下口水，接著也開口了。

「好吧。要是我失去尚美，大概也會跟你一樣。你想怎麼做就怎麼做吧。」

村澤從外套的內側口袋掏出鑰匙，扔向烏有。金黃色的黃銅鑰匙掉落在烏有腳邊。烏有保持高度警戒，衡量村澤與鑰匙之間的距離。村澤有氣無力地說：

「我不會趁你不備偷襲啦。」

彷彿為了證明這句話所言不假，村澤背向他，把酒杯湊到嘴邊。

「我已經不想管了。」

烏有迅速蹲下，把鑰匙撿了起來，然後道謝：「謝謝你。」這是他的真心話，但村澤似乎不這麼想。揮揮右手：「可以了。」作勢要他離開客廳。

「你這麼愛尊夫人嗎。」

表情有一瞬間凍結在村澤臉上，但之後便自嘲地「呵呵」冷笑。

「那當然。至少我需要她……我需要尚美。雖然我不知道尚美是怎麼想的。」

早知道就別問這種蠢問題了，烏有非常後悔。但除此之外也沒話好跟他說。

「舞奈小姐對你而言也是如此吧。」村澤低下頭。「明明再過半天就有人來接我們了。」

依照預定計畫，傍晚應該就會有船來接他們。直到前天都還望穿秋水地等待救援，如今卻希望救援盡可能不要來。現在才來又能怎樣。桐璃已經受傷了……或許是不可能的任務，但事到如今，他想靠著自己的手解決。用這雙沾滿鮮血的手。

「這樣可以了吧。你去吧。」

烏有慢慢地後退、靜靜地關門。當他踩著沉重的腳步上樓時，神父與他擦身而過、衝進了客廳，告訴村澤他發現尚美屍體的消息。接著是玻璃杯摔碎的聲音……

2

——終於進到這裡了。

烏有感受著自己加快的心跳，伸手探向和音的畫，接著將肖像畫往旁邊移動。從後面出現了在六天前看過，貌似比其他房間的門更堅固、漆成白色的厚重木門。有如正等待著烏有的來臨，橡木門板綻放出近乎刺眼的光芒。

門的另一頭到底藏著什麼？祭壇？「神」體？還是和音本人？無論是什麼，一切馬上就要真相大白了。

烏有將黃銅鑰匙插進門把下的鑰匙孔。但抖個不停的手讓他無法順利地插入鑰匙。他用汗濕的左手握住右手腕，藉此抑制手的抖動。

試了幾次，好不容易總算把鑰匙給插進去。但鑰匙孔好像生鏽了，轉了半天也轉不動。依照烏有的想像，徘徊在大宅裡的亡靈應該開過好幾次這扇門才對。但生鏽的程度不禁讓人懷疑是不是已經好幾年、不對，是打從二十年前就沒開過了。就像是被封印的聖域。

或許這裡真的跟整起事件無關……腦海中閃過了一縷不安，但烏有決定相信自己的直覺。不能打退堂鼓。能指望的就只剩下這裡了。

雙手用力使勁轉動鑰匙，伴隨著「喀嚓」一聲，鑰匙終於向右轉了半圈，掌心這才傳來了解鎖的觸感。

烏有調整呼吸，握住門把，推開通往聖域的門。

突然颳起一陣風，雪花隨之飛舞。眼前是一望無際的夏日晴空、大海、以及水平線。耳邊傳來大水薙鳥的鳴叫聲。而且，頭上還掛著盛夏的烈日……

*

靜止不動地在那裡站了幾分鐘呢。烏有完全搞不清楚發生了什麼事。一切又倒流回渾沌的狀態。就像人終將歸於塵土，當他推開通往虛空的門以後，這座島的聖域也在這個夏季中消失了。消失在這個孕育出冬日這種非比尋常存在的夏日景色裡。

中庭的圓形舞台從這裡看過去小了一號。那個和音曾輕歌曼舞的白色大理石圓形舞台。烏有這下才終於發現這扇門其實是和音館的外牆。

這裡是聖域？

這時，腳底突然開始搖晃。來到這座島上以後已經發生過好幾次地震了。島嶼周圍的海洋也掀起白浪。簡直就像是「神」發怒了一樣，地震很劇烈，持續時間也很長。大前天在客廳時碰上的那起地震根本就不能相比。

烏有下意識地用雙手抓住門框，費盡力氣才沒掉下去，然後就這麼往走廊那邊倒下。就像是在海況洶湧惡劣的時候航海，歪斜的走廊、扭曲的紅地毯劇烈地上下跳動。耳邊傳來了窗玻璃震碎的噪音。內牆出現巨大的裂縫，油漆都剝落了。整棟建築物搖晃到彷彿隨時都可能解體。

「匡噹」的巨響迴盪在屋子裡，移位的油畫掙脫畫框，掉落在走廊上。木框出現巨大的裂縫。割破的肖像畫斜斜地掛在牆上，畫中人與烏有面面相覷地對峙著。

武藤傾盡畢生熱情描繪的真宮和音肖像畫彷彿渴望被理解似地持續對他傾訴。烏有在這天搖地動中，一動也不動地凝視著和音臉上那睥睨一切的微笑。凝視著、凝視著、凝視著……他終於明白真正的意義了。

與此同時，他忍不住放聲尖叫。

和音憑藉她的雙眸，將冰冷至極的視線灌注在驚愕的烏有身上……原本被狠狠割破的和音左眼部分，被重新鑲上了新的「眼睛」。那隻還殘留著活生生般濕潤光澤的眼睛……那隻眼睛，是桐璃失去的眼珠子。

Papier Collé……和音被「展開」了——在天地不斷地轟鳴、慟哭的同時，他第一次領悟到這句話的真諦。

3

感覺地板還在搖晃。

地震停止後，烏有帶著新發現與巨大的絕望走向桐璃的房間。新發現與「和音」有關，巨大的絕望則是因為那個發現讓他覺得截至目前的一切都愚蠢至極。

——淨化到極致的「核心」只存在於觀念之中——身為「人」，不可能利用「人」……

他們一直被沒有實體，宛若幽靈般的謎題嚇得團團轉。如此嚴重的焦躁感、如此深刻的危機感，現在看來全都只是如同幕間喜劇的一場鬧劇。難不成這八天來，烏有只不過是一個演出短劇的跳梁小丑嗎？

烏有好想哭。不是因為悲傷，而是因為深不見底的空虛。

「烏有～哥。」

察覺到烏有走進房間裡，桐璃揚起臉來。她的聲音細如蚊蚋。大概是擔心他不曉得會跑去哪裡吧，現在正以尚未失去光采的右眼直勾勾地凝視著烏有不放。他怎麼可能丟下桐璃去別的地方呢。對烏有而言，他只剩下桐璃了……

「桐璃。」

烏有衝向床邊，伸出雙臂緊緊地抱住桐璃。為了讓膽怯的桐璃放心、也為了讓自己激動的心情平靜下來，用盡所有的力氣……已經不用再擔心她流血了。

「烏有～哥，好難受喔。」

不知道是不是發燒帶來的後遺症，桐璃以粗嗄的嗓音抗議。但烏有不想放開這個緊擁入懷的身體。他想一直像這樣抱著她。

「真的快窒息了啦。」

「已經沒事了。」

烏有終於放開了桐璃。接著溫柔地抓住她的肩膀，露出了微笑，像是希望她能放心。不過臉頰的肌肉抽搐緊繃，無法順利地展露笑容。因為包住半張臉的繃帶無論如何都會映入眼簾。包括那藏在微微凹陷部分內側的黑暗在內。

……桐璃已經不可能「沒事」了。都怪烏有沒有保護好她。就因為和音那種傢伙，犧牲了重要的左眼……

烏有轉向旁邊，不想讓桐璃發現自己紅了眼眶。

「……跟你說，我想過了。要用什麼顏色的義眼。」

桐璃在他耳邊低語。

「義眼？」

「嗯。我覺得綠色很好。而且要晶瑩剔透的淺綠色。是不是很時髦啊？」

「桐璃……」

抓住桐璃肩膀的指尖不自覺地用力。堅強地試圖表現出開朗模樣的桐璃、強顏歡笑的桐璃。她的眼睛浮現出薄薄的一層淚光。天花板的水晶吊燈在她的雙眸中暈開了。即使都變成這副模樣了，她還想安慰我嗎……烏有不禁悲從中來，再次感受到桐璃真的是無可取代的存在。

「烏有～哥，你覺得呢？」

「嗯，一定很漂亮。」

「你也這麼想嗎？太好了。我就知道你一定會這麼說。」

如果是這種話，要他說一千次、一萬次都可以……烏有感覺湧上心頭的情緒化為一道熱淚，順著臉龐滑落。

「真是的，你不是說已經沒事了嗎，所以別哭了。這麼大的人了還哭成這樣，很丟臉喔。」

「啊，說的也是。抱歉。」

烏有用襯衫的袖子抹去眼淚。真是沒用啊，竟然比她先哭出來。桐璃還對自己笑了，明明她連微笑都很不容易。

「所以……」

「所以？」

「別再殺人了。」

烏有吃驚地盯著桐璃的臉。表情不由自主地變得兇險。

「拜託你。」

「桐璃……」

桐璃怎麼會……

「我大概都知道。你是為了保護我……」

桐璃雙眼往下一沉，以淡然的語氣接著說下去。

「……如果不是烏有～哥保護我，我猜我可能會更早就變成這個樣子。被水鏡先生還是結城先生……所以……」

「所以？」

「請不要對尚美小姐……」

她是要自己別殺尚美嗎？但是……

「……已經太遲了。昨天晚上就……」

桐璃什麼都知道。他無力地放開桐璃的肩膀，凝視自己沾染了三個人污穢的血液、無處安放的手。

「是嗎……」桐璃哀傷地撇開右眼。但烏有並不後悔。他死都不會原諒那個傷害烏有唯一的希望——桐璃，將光芒從她的左眼奪走的女人。無論尚美的過去再不幸、再值得同情，只要她敢傷害桐璃，烏有就饒不了她，勢必要報仇。就算桐璃事先阻止他，他也絕對不會收手吧。

烏有與桐璃在沉鬱、停滯的氣氛下互相閃躲彼此的視線，沉默不語。

桐璃是怎麼看我的呢？認為我是個殘忍、輕蔑他人的殺人魔，因而畏懼我嗎？……烏有不敢對上她的視線，就連看向她的臉都感到害怕。可是……

烏有終於下定決心、鼓起勇氣問她：

「妳是什麼時候發現的？」

「結城先生下落不明的時候。」桐璃低著頭，輕聲細語地回答。「……我看到了。看到烏有〜哥跟結城先生半夜在我房門口起了爭執。而且也看到你把結城先生從觀景台拋入大海的瞬間……因為那天我開了暖氣，有點熱到睡不著。」

「這樣啊……難怪妳那天從早上開始就怪怪的。」

桐璃微微頷首。

「我已經很小心別被你發現了，只不過……」

這一切都是烏有的問題。眼前就是殺人犯，桐璃還想表現得跟平常一樣……只為了如此骯髒的自己。

「妳不會害怕嗎？害怕我……」

烏有小心翼翼地問道，做好心理準備等待最糟糕的回應。萬一答案是烏有最害怕聽到的那種，他可能會承受不了，直接跳海自盡。

但桐璃抬起頭，以真摯的眼神回答：

「不怕。因為，你都是為了我吧？比起這個，害烏有〜哥做出那種事更讓我介懷，我，那個……」

「別再說了。」

烏有再次抱緊桐璃。這次桐璃什麼也沒說，像是在回應似地抱起他。

「桐璃。」

……希望沒有落空。喜悅與憐惜源源不絕地湧上心頭，烏有執起桐璃的左手，情不自禁地在她的手背上輕輕一吻。

「果然是你幹的。」

背後傳來冷酷的聲音。回頭一看，村澤就站在門口。蒼白的臉龐只有雙頰反射出紅光。烏有與桐璃不自覺地分開。

「找到尚美的屍體了。在衣櫃裡……喉嚨被人用刀刃之類的東西割開。所以原本我是要來通知你們的……」

或許是因為怒不可遏，明顯可以看出村澤的肩膀正在顫動著，聲音也有些哽在喉嚨裡。

「村澤先生。」

「為什麼要殺尚美……」

「那個女人死有餘辜。誰叫她害桐璃變成這樣。」

烏有以前所未有的強硬語氣回答，憤恨地回瞪村澤。一方面是認為自己才是正義的一方、另一方面也是不想讓桐璃看到卑躬屈膝的自己。

「或許就像你說的，尚美傷害了舞奈小姐……可是，就跟舞奈小姐對你很重要一樣，我也不能失去尚美……尚美確實必須要贖罪，但如果尚美因此而死，這次就輪到你要贖罪了。」

村澤從外套的口袋掏出手槍，指向烏有。烏有被閃著銀黑色寒光的槍口給鎖定了。

「那把槍……原來在你那裡啊。」

「因為我當時還不知道兇手是誰，只想拿來防身而已，沒想到會以這種方式派上用場。」

村澤瞄準烏有，拉起擊錘。再不願意也聽見了「喀嚓」一聲。

他真的打算開槍嗎？無需懷疑，村澤的眼神看上去已經不正常了。就跟烏有殺死尚美的時候一樣，燃燒著憤恨的怒火，除此之外什麼也看不見。
「你到底是什麼人？為什麼要殺死武藤和結城？」
「我不是偵探，是你自己誤會了。不過，我跟這起事件真的一點關係也沒有。我只是為了保護桐璃……我們換個地方，去我的房間說吧。」
就算桐璃幾乎已知悉一切，烏有也不想讓她知道自己更多的罪狀。而且待在這個房間裡，可能會連累因傷臥床的桐璃。
「不，這可不成。也讓她聽聽看嘛，讓她知道你都做了哪些事。」
村澤嘴角浮現出扭曲的笑意，朝他們步步逼近，持槍的右手往前伸出。他是認真的……烏有領悟到無論說什麼、無論怎麼求饒也沒用後，便放棄了掙扎。
「……那是正當防衛。是武藤先生先攻擊我。」
「武藤為什麼會去你的房間？」
「因為我和桐璃換了房間。武藤先生不知道這件事，跑來要殺桐璃，沒想到偷襲到的是我。說不定那個人跟你的妻子一樣，只想挖掉桐璃的眼睛。為了將她作為『和音』來『展開』。所以才會割破那幅肖像畫的眼睛……為了煽動你們。為了解鎖 Papier Collé 的成就。不過，對我來說都一樣。」
「所以你殺了他？」

「那是意外……我根本不知道他為什麼要攻擊我，只是基於本能想保護自己。完全就是正當防衛。」

烏有說著說著，發現自己不可思議地冷靜下來了。理直氣壯的程度根本難以和平時的他產生聯想。只是他的態度看在村澤眼中無疑是死不認錯，似乎讓村澤氣到更加激動了。

「那你為何要砍掉他的頭？」

「那不是我做的。我只有把他的屍體放回水鏡先生的書房裡。後來不知道是誰把屍體搬到圓形舞台上，砍掉他的頭……還破壞了接收器。」

「不是你嗎？」

村澤似乎認為一切都是烏有幹的好事，頓時露出難以置信的表情。烏有當晚只有用香菸燒掉武藤附著在地毯上的血跡，藉此轉移焦點，算是情急之下的緊急處理措施。

「不是我。我沒必要這麼做吧。如果只是因為殺死武藤先生被警方逮捕，我也可以主張是正當防衛。但要是聯絡不上本土，反而是我比誰都還著急。」

這些倒是實話。若非有人切斷和音島與外界的聯繫，結城和尚美或許就不用死了……更重要的是，桐璃也不會碰上這種事。

或許是姑且被說服了，村澤繼續追問：

「那結城又怎麼說？」

「結城先生想殺桐璃。我猜那個人根本沒考慮『展開』什麼的，只是想為尚美小姐除掉桐璃。」

「所以你就……」

「我也不想殺他啊。誰想弄髒自己的手啊。那天晚上，我監視桐璃的房間時，是結城先生持刀想溜進去。」

「為什麼？倘若真如你所說，你為什麼不大聲呼救、叫醒我們呢？你沒有這麼做，而是選擇殺死結城。這不也表示你打從一開始就抱有殺意嗎？」

村澤試圖用言語逼迫烏有。站在他的立場，比起射殺因不可抗力而動手行兇的烏有，對殘忍的殺人魔扣下扳機，良心的苛責應該會少一點吧。

「叫醒你們？別笑掉我的大牙了。正因為你們有三個人，我才必須獨力解決。」

「我們三個？你這是什麼意思？」

「萬一你們達成協議，取得了共識，然後基於盲目的迷信，狼狽為奸想危害桐璃，我一個人可阻止不了你們三人聯手。就算我大聲呼救，當場也只會被你們先息事寧人吧。可以想見在那之後，結城先生、武藤先生的個人思想就會變成你們全員共有的思想，為了根本不存在的『和音』合力挖出桐璃的眼珠。只為了鑲在被蓄意破壞的肖像畫眼睛部位。」

神父確實對尚美採取過於草率的 Papier Collé 行為抱持批判的態度。但那是後話了。當時的烏有無從知曉。

為什麼是眼睛？烏有突然想到這個問題。但眼睛是僅次於靈魂的存在，也是用來觀察這個世界的器官，因此考慮到眼睛同時也是他人對自己的象徵，或許這也是理所當然的選擇。

「……」

村澤默不作聲，並未回答。可見烏有的判斷正中紅心了。

「所以你就一個一個殺掉他們嗎。」

「不。我剛才也說了，我之所以殺死結城先生，是因為結城先生打算加害桐璃、試圖偷溜進桐璃的房間……那個人太瘋狂了，已經不正常了。如果不是因為這樣，我才不想殺人呢。」

怎麼可能會有人想讓自己的手沾染鮮血呢。那個青年的死說是意外也不為過，但仍因此折磨了他十年……

「最希望警察上島的人就是我了。確實，或許我對結城先生做的事屬於防衛過當也說不定。但是，就算是這樣好了，比起桐璃遇害的危險……」

烏有發現自己不小心當著桐璃的面脫口說出了「桐璃遇害……」這種話，連忙轉過頭去。但桐璃露出了像是在告訴他「沒關係，別顧慮我」的微笑，這才讓烏有如釋重負地鬆了一口氣。

「既然警方要等到十二日才有辦法介入，我就只能靠自己保護桐璃了。沒辦法依靠任何人，只能盡量讓你們的注意力遠離桐璃。因為我不曉得你們什麼時候會勾結起來對桐璃進行……對，進行『展開』。」

「最後是尚美嗎……那麼，你利用我的誤解，到底都查到了什麼。」

「我作夢也沒想到支配你們的……竟然是這種東西。我想找出桐璃並不是『和音』的說法來說服你們。可以的話，我也不想殺人。」

「話都給你說完了。」

村澤瞪著烏有，似乎拒絕接受他的解釋。

「……你確實也有值得同情的地方。但不管怎樣，你都必須死在這裡。以償還你殺死尚美的罪孽。」

扣住板機的食指開始用力。

這是烏有有生以來最不想死的一刻。直到一年前，不，直到一週前，他大概都會不抱遺憾地赴死吧。內心會覺得反正我的人生就是這麼回事。他這輩子都在為了別人而活。為了那個替自己死去的青年活著。

然而，現在不一樣了。萬一自己死在這裡，桐璃怎麼辦？

槍口不偏不倚地鎖定烏有，距離烏有只有一點五到兩公尺。在這個距離下開槍，他能迅速地閃避、逃過死劫嗎？答案是否定的。因為子彈應該不會只有一發而已。

「你為什麼對尚美小姐這麼放不下？你信奉的是『真宮和音』吧。」

或許無助於爭取時間，但他還是忍不住問了這個問題。

「錯了，我選擇了尚美，而不是和音。」

「那是因為尚美小姐孕育了『和音』吧。並不是純粹因為尚美小姐本人的關係。」

「……」

「這是什麼意思啊？」

桐璃小聲地發問。就連桐璃似乎也不清楚這個部分。

「和音根本就不在這座島上。打從一開始，這座島上就沒有真宮和音這個女演員。和音是存在於他們的理念、觀念中的產物。他們並不是從觀景台上把和音推下海的，而是藉由放棄理念，抹殺了『和音』。」

光靠以上的說明，桐璃大概也無法理解吧。就連烏有也是因為得到神父的暗示、看了結城給他的《立體派的奧祕》、再加上親眼目睹了只有門的「和音的房間」，才好不容易找到答案。但是在這種情況下，實在沒有時間讓他從頭說起。

「演出電影、在圓形舞台唱歌跳舞的人並不是和音，而是尚美小姐。為了表現『和音』作為人類的機能之一……所以尚美小姐在你們對她投注的愛情裡看到大家對和音的嚮往；映照在你和結城先生眼中的自己，她也從中看到了『和音』的影子，陷入了矛盾與掙扎。尚美小姐不確定你們看到的是真實的她，還是和音，所以無法完全相信你們。」

「住口！」

村澤大喝一聲。但烏有並未停止。太多太過分的不合理令他憤恨難平，像是為了尋求昇華，那些憤恨滔滔不絕地從口中奔騰而出。

「沒有什麼復不復活，『和音』只是一種定義而已。只是你們千方百計創造出來的符號、只是幻想……不過就是因為武藤先生畫的那幅肖像畫。武藤先生為了塑造出有別於現實生活中的尚美小姐，描繪出一幅理想外表的肖像畫，剛好長得跟桐璃一模一樣……」

那幅畫是一切的開端。二十年前，武藤偶然在大千世界中選擇那種長相作為「和音」這個偶像的表象。神父稱之為「奇蹟」的巧合。這個巧合將他們逼上絕路，也將桐璃、烏有逼入絕境。

「和音還活著。現在也還活著。」村澤大吼大叫，彷彿要蓋過烏有的聲音。「看到舞奈小姐之後我就深信不移。這跟在哪個次元無關。藉由『展開』，和音在所有的次元都是屬於『絕對』的存在。」

「你是指那個本性惡劣的唯物論者臨時想到的 Papier Collé 嗎。」

村澤沒有回答這個問題，一度放鬆的食指再度用力。顯然是在威脅烏有不要再說下去了，否則他會立刻扣下板機。但就算沉默也改寫不了結局，他從一開始就打算殺掉烏有。

「我會死在這裡嗎……」

烏有直視村澤瘋狂的雙眼，而非瞄準自己、內在隱隱纏繞詭譎漩渦的槍口。

不管是電影，還是《啟示錄》或密室，依然留有許多尚未解開的謎團。未能解開這些謎團就結束這一生著實有些遺憾，但不會有人能夠知曉這世上的一切。就連平時可以解答各種問題的人也是如此。更何況……我的人生早在十一歲的時候就已經劃下句點了。想到這一點，內心便感到釋然許多。

「看來你似乎有所覺悟了。」

扣住板機的食指慢慢地彎曲。再壓個幾公厘，大概就會扳動擊錘、讓子彈貫穿烏有的腦袋吧。頭蓋骨碎裂、腦髓和腦漿噴濺出來……

「烏有～哥！」

桐璃悲痛地喊叫。最後一刻還能聽見桐璃的聲音，烏有內心充滿了感激。「啊……」嘴裡也只是這麼呢喃著。

「住手——！」

「■■■■■■■■■■■■■■■■■■■」

下一瞬間，槍聲炸裂，聲音在室內迴盪，接著……村澤癱倒在地。

＊

烏有提心弔膽地睜開雙眼，起初還無法理解眼前的狀況。怎麼是村澤，而不是自己倒下呢？血從村澤的後腦勺流出，在地毯上形成一大片血池。看來他是當場斃命，手指還勾在板機上。烏有看看自己的手，再看看躺在床上，臉色蒼白、茫然失措的桐璃，一顆懸著的心也放了下來。

就在這個時候，原本半開的門無聲地被整個打開。

「神父。」

個頭嬌小的派翠克神父直挺挺地站在門外。全身僵硬，神經似乎緊繃到極點。他的右手握著另一把手槍。

「為什麼……」

不只烏有，桐璃也盯著神父看。比起得救的心情，神父何以要射殺村澤的事實、疑問占滿了烏有的腦袋。

「這樣就可以了。」

派翠克神父的臉上浮現清淺的笑容，放下手槍。才剛射殺人、還帶著熱氣的手槍落在柔軟的地毯上，陷了進去。

「你還不能死。因為你必須要保護舞奈小姐。」

神父用心意已決的口吻平靜地說道。

「可是……」

本來應該先感謝他在千鈞一髮的危機下救了自己一命。但方寸大亂的理性追不上對混亂情勢的掌握。烏有瞥了桐璃一眼，重新面向神父。

「可是，桐璃不是和音喔。」

「我知道。那個女孩並不是『和音』。但她的相位擁有『和音』的形相……我猜你已經理解箇中涵義了。」

烏有無法反駁。桐璃不是和音。這點無庸置疑。但他們眼中的桐璃扮演著被立體主義裁斷、淨化的『和音』表層的角色。或許只是巧合，但是依神父的說法，卻成了具有明確意圖的奇蹟。而上述的意圖來自他們對和音復活的盲目信仰。

「我想阻止村澤先生因Papier Collé的『展開』所採取的錯誤行動。」

尚美等人想完成的絕對化——綜合立體主義的Papier Collé，就是為和音的肖像畫拼貼上實際的桐璃＝和音失去的眼球。但這麼一來，只不過是直接模仿立體主義的畫作……倒不是受到神父的洗腦，但烏有多少能理解、掌握到這點。但他也不敢苟同神父視「和音」復活為最終的「奇蹟」，進而成為「神」的想法，因為這樣就好比視飛機為「神」的羽翼、視廣播為「神」的玉音。結果這群和音教的信徒為了證明誰比較正統，發生了內鬥。形成一場拚命想要挽回自己的失敗，陷入泥沼的紛爭。但也拜此所賜，烏有得以九死一生地撿回一條小命……他抱著複雜的心情和神情看著神父。

明明才剛殺死一個人，派翠克神父卻露出宛如聖母瑪麗亞般滿臉慈愛的笑容。他慢條斯理地蹲下，拾起剛才掉在地上的槍。

「神父……是你把水鏡，不，把武藤先生搬到圓形舞台上，再砍下他的頭吧。」

烏有直言不諱地提出至今太過畏懼而無法問出口的問題。因為如果不是神父的話，就等於不打自招，坦承了殺害武藤——即使是在不得已的情況下殺死對方——的人就是自己。這次，神父肯定會一五一十地說出來吧。

果不其然，派翠克神父靜靜地點頭承認。

「因為還不能讓人發現水鏡先生就是武藤……」

「果然是這樣……可是，你應該已經知道我察覺這件事了。因為武藤先生用自己的雙腳來到我的房間。」

「擔心的並不是你。」神父有些難以啟齒地垮下肩膀。「我是怕警察知道……既然人已經死了，就得繼續隱瞞水鏡先生其實就是武藤的事實。為了保護這座島，至少要隱瞞到和音復活……」

問題是，只有這樣而已嗎。如果只是要隱瞞交換身分的事實，只需要把屍體埋起來或丟進海裡就行了。如此一來既不用擔心屍體被解剖、也不用擔心真相浮上檯面，結果兩天後就把屍體從地下室弄出來。那恐怕也是神父幹的好事吧。對驗屍頗有心得的神父不可能遺漏腳的問題。

難不成神父故意裝神弄鬼讓屍體出現在積雪的圓形舞台上，其實是為了呈現「奇蹟」、讓自認在觀景台上殺害和音的他們意識到自己的罪孽深重嗎？

「為此我需要時間。至少在和音的忌日到來之前都不能讓警方知道。」

神父珍而重之地把還殘留餘溫的手槍捧在掌心裡，喃喃自語。大概是在確認自己才剛犯下的新殺人罪行吧。還是認為那是剷除異端的聖槍，正祈求神為其施加庇護呢？

「所以是你破壞接收器的？」

「不是我。你似乎懷疑是我動的手腳，但我起初並沒有想要將你們監禁在島上、害你們遭受無妄之災的意思。」

這句話真令人意外。烏有還以為這一切都是神父所為。懷疑是他為了展現奇蹟而故弄懸虛。

「那會是誰。」

「當然是和音啊……大概是武藤先生命令真鍋夫婦駕船離開這座島，但破壞接收器的是和音喔。」

「你說和音嗎……這怎麼可能。」

神父近乎固執地強調和音的存在。但他的話十分真摯，聽起來不像說謊。

「第二天早上，我確定了。確定『和音』復活了，還有真的有復活這種事……你也看到了不是嗎。墓碑被挖出來了。」

「和音根本不存在……墓被挖開也只是某個人幹的好事……」
「那會是誰？既不是我，也不是你，你倒是說說看，是誰做出這種事的？那確實只是刻意為之的象徵，但也確實顯示了和音的復活。二十年前，只存在於我們的思念之中、獨一無二的『和音』正開始被『展開』，出現在我的面前。以奇蹟之名……」
「可是……下雪就算了，那個密室也是你製造的吧。既然如此……」
神父搖頭。彷彿要全盤否認烏有剛才說的一切指控。微微晃動帶了點弧度的溜肩。
「我只是……服從『神』的旨意和指向奇蹟的指示而已。『神』在我面前顯示那個方法，啟發了我。以極為明確的方法。」
「什麼意思？」
「你遲早會懂的。因為如果是『神』的旨意，肯定也會出現在你面前吧。但……二十年前，我好像誤會了武藤先生。」
「誤會武藤先生？」
「沒錯。我只看到武藤先生世俗的、充滿野心的那一面。」
「你是指《啟示錄》嗎？」
神父用力點頭。
「我內心唯一的不安就是『和音』的教誨——這種立體主義的『展開』會不會只是那個人為

了實現自己的野心，用來便宜行事的作法。這讓我對信仰的立足點變得非常不穩固。就像倒立的正三角形，美則美矣，但無比脆弱，很容易倒塌、潰散。但……」

他以悲痛，不，換個角度來看甚至可以說是安穩的表情娓娓道來。

「但武藤先生寫的《啟示錄》裡記錄了這一切。」

「……《啟示錄》啊。所以神父你看過《啟示錄》的內容了？」

原來從武藤的房裡拿出《啟示錄》的人不是結城，而是神父啊。

「就連我也不敢相信，那個人的熱情、信仰竟然是如此真摯且深遠。說來慚愧，我直到重回這座島以後才弄清楚這一點。武藤先生擁有偉大的雙面性，接收到『神』＝『和音』的神諭、啟示……要是我早點知道這件事的話，或許就不會發生這次的慘劇了。」

「所以《啟示錄》是神父拿走了……」

神父沒有回答這個問題，他慢慢地舉起手槍，再次拉起擊錘。這次瞄準了自己的太陽穴。室內又響起已經聽慣、但始終令烏有深惡痛絕的「喀嚓」聲。

「你要做什麼！」

「我啊……」神父以平靜的口吻說出最後的遺言。「二十年前犯了罪。犯下殺害和音的罪……我必須為此贖罪。現在，終於等到可以贖罪的機會了。」

「你錯了！和音打從一開始就不存在。你們根本沒有殺了和音。」

烏有的話還來不及說完，震耳欲聾的槍聲再度轟隆炸裂。派翠克神父當場倒在血泊裡，臉上還掛著淡淡的笑容。

「太傻了……」

烏有說不出話來，什麼都無法思考。他跪在地上，一臉茫然地凝視反射著燈光，逐漸冰冷僵硬的屍體。

「和音什麼的，根本就不存在……」

為什麼會這樣？人怎麼會如此輕易地死去？烏有強忍住內心的空虛無奈，拚命地自問自答。

作為讓和音「展開」的碎片、作為為了存在於人間世界這種概念「核心」而運作的碎片、作為遮掩「和音」明明不存在於物質空間的碎片，他們每個人都分別共有了作為和音的一部分生活。到底是什麼樣的東西讓他們走上這條路的？是因為意識到任何人都有，但誰也沒發現的空虛嗎？抑或是對於「神」更加積極的憧憬？又或者是……

烏有想不明白。

但不管怎樣，他們信奉「和音」，將自己內在的部分與碎片一起交給了「和音」。即使二十年前的失敗逼得他們不得不放棄，也無法取回一度帶到外界的東西。當生活在世俗中的他們發現自以為的取回，就只是在自欺欺人的事實時，他們該走的路、該採取的手段就已經註定了。既然避無可避，就只能遵循「和音」，推動「展開」。無論付出多麼慘痛的代價，也必須取回自我。

事到如今，他們在這座島上分配到什麼任務、扮演著什麼角色，一切都已經葬送在黑暗之中，不可考了。唯一能夠知道的，就是那五幅風格迥異、據稱是和音所畫的圖其實都是出自他們之手。千差萬別的筆觸也表現出他們自己的個性以及信仰上的差異。

深愛尚美，卻只換來無盡悲涼的結城描繪出《摘下面具的女人》。對失去的歌聲戀戀不捨的村澤則畫下《鳥與唱歌的少女》。作為對殘廢雙腿的補償，水鏡畫了《在海灘上奔跑的少女》。至於武藤則畫出一切的根源《和音》。當然，事已至此，這只不過就是烏有的想像罷了，但他認為從自我的碎片這層意義來看，應該八九不離十。另外還有一幅尚未完成的畫。應該就是未被他們認可而遭到焚毀、出自神父之手的作品吧……

最痛苦的莫過於因為是武藤的妹妹、因為是唯一的「女人」，因而必須在他們面前扮演「和音」的「肉體」，近乎拋棄自我，主演電影、唱歌、跳舞的尚美……

他們都被定義了，將自己內在最像自己的部分、將自己心中求而不得的部分投射在「和音」的身上，奉獻給她。作為代償，他們得到了經過「還原」與「展開」的二十世紀的「神」。

然而，以上的嘗試卻被亨利希的《立體派的奧祕》推翻了，就此煙消雲散，在二十年後的現在令他們陷入內訌的僵局。喪失以「神」為名、來自外力的希望之光，卻又重新取回一度失去、只剩下觀念的「神」……就只是這樣而已，卻讓他們死去了。就連向耶穌基督尋求救贖的神父也無法倖免……

這是不願相信「神」的烏有終其一生都無法理解的心態。因為規制他鑽牛角尖行為的，並不是像「和音」那種沒有實體、只是一廂情願的妄想之下的產物。而是「那個青年」，那個在十年前真正存在於現實的人類。

「……烏有～哥，烏有～哥。」

床上傳來的呼喚讓烏有回過神來，他連忙衝到床邊。桐璃大概是嚇壞了，不住顫抖。抖到牙齒都無法正常咬合了，「喀噠喀噠」地發出神經質的撞擊聲。

「桐璃……」一握住她的手，就感覺到那白皙細緻的手冷得令人心驚。

「我……」

水汪汪的右眼追尋著烏有。

「別擔心。」

為了安撫桐璃的心情，至少要讓自己看起來是冷靜自持的。烏有在瘋狂抽動的臉上擠出笑容。

「已經沒事了。大家都死了。再過不久，就會有船來接我們。」

「真的嗎……？」

烏有用力點頭。點了好幾下、好幾下，力道大到幾乎要折斷脖子。

「晚上就能回到日本，回到京都了！」

桐璃總算也放下心中大石。她軟弱無力地抓著烏有的手臂坐起來，心驚膽戰地環顧早已化為殺戮戰場的室內。從背後被射擊頭部的村澤、為了彌補殺害「神」的罪孽而自我了斷的小柳，兩人的屍體疊在一起、四仰八叉地躺在地上。一切都結束了。在這個凍結的房間裡，唯有紅色的地毯吸飽了鮮血，散發出生機盎然的光輝。

「……神父，也死了呢。」

桐璃輕聲細語地說。她的表情不再是以往那種活潑開朗的模樣。陰鬱晦暗的眼神與天真無邪、我見猶憐八竿子搆不著邊。宛如北歐那邊深邃透明、清澈見底的無機質湖底。

——這場災禍，這場降臨在桐璃身上的災禍並不是烏有的責任吧。但……倘若一切都是自己的錯該有多好呢……烏有凝望著慘遭他人蹂躪的桐璃，只能消極地應了一聲「嗯嗯」。

「烏有～哥。」

「我們得救了。」

桐璃悲悲切切地訴說。

神父他們的下場已經不重要了。無論他們是死是活，橫豎都是別人。桐璃和那個青年，還有烏有本身就是烏有的一切。而且桐璃現在變成這樣，也開始淡化那個青年在烏有內心深處的影子，開始削弱他這十年來對烏有展現的至高無上支配力。這種情感該怎麼形容才好呢……

「沒事了。」

烏有用力抱緊桐璃。溫柔地在她泛青、冷冽的嘴唇印上一吻。唇瓣順勢移到包著繃帶、少了左眼的凹陷處。帶著因為失去才懂得珍惜的心情。

「放心吧。大家都已經不在了。所有人都，不在了……」

4

雪停了，一切歸於靜止。整面都是銀色的世界……真是令人懷念的光景。發現武藤屍體的那個早上……我怎麼會夢到雪呢。殺死水鏡＝武藤，把屍體搬到書房時，明明壓根兒也不曉得下雪了。這座島或許有什麼不可思議的磁場。並不是神父所謂的「神」的奇蹟，搞不好是類似惡魔邪念的存在支配了這座島也說不定……不，或許是支配著自己？

沒錯。最後平安無事活下來的，就只有烏有一個人。烏有陷進了虛無的思緒牢籠。怎麼會這樣呢？一直都是這樣。他總是踩在別人的屍骨上，死皮賴臉地苟延殘喘。從今以後也會一直這樣下去……愈想與世隔絕、愈想跟別人保持距離，周圍就會出現愈來愈多的犧牲者。過去背負著那個青年，未來也必須背負著死在島上的人、以及失去左眼的桐璃等人的身影，過完餘生吧……同時也得因為明明深愛著桐璃，卻又害她失去一隻眼睛的罪惡感而飽受苛責。

烏有詛咒自己的不幸。

一步一步地踩在新雪上，腳底往下沉，耳邊傳來細微的沙沙作響。烏有凝望留在自己背後的足跡，想像派翠克神父背著武藤走在雪地上的身影。天還沒亮，以波濤聲作為背景配樂，一身黑衣的神父為了進行斬首的儀式，扛著武藤的屍體爬上處刑台的樓梯。當時的他肯定已經不是派翠克神父了，而是「和音教」的祭司。就算是武藤為自己創造出這個信仰，但和音已經成為就連武藤本人也不能侵犯的神聖之物＝「神」了。

然而，就算能戰勝純粹的信仰心，人類也無法創造奇蹟。烏有望向聳立在前方遠處的白色圓形舞台。神父不是親手製造出他想展現的奇蹟嗎？必須在不留下腳印的情況下走完這五十公尺的距離。但神父卻說他沒有製造奇蹟，而是順從奇蹟。奇蹟……難道是「和音」運用神力讓兩個人飄浮在半空中嗎？

「你太慢了。」

有人出聲叫住他，烏有反射性地揚起臉。這個瞬間，他不敢相信自己的眼睛。

「一直等不到你來，我都快冷死了。」

映入眼簾的是個站在觀景台，從欄杆探出身子、俯瞰日本海的背影。烏有認得那個穿著類似禮服的白洋裝的身影。腳邊有隻黑貓，正以閃閃發亮的翠綠色眼睛盯著烏有看。

「是誰！」

烏有爬上圓形舞台，壓下滿心疑問大喊。

「還能有誰。是我啊，**烏有**哥。」

那個人任由裙襬輕盈地隨風翩飛，接著轉過身來面向烏有，綻放了笑容。臉上是烏有已經看過無數次的表情。那個笑容實在過於天真無邪了。

遙遠的下方傳來海浪打在岩石上碎裂的聲響。

「……桐璃。」

烏有不由得脫口而出，隨即奮力搖頭，試圖打消這個想法。

——不可能。桐璃現在應該還躺在床上昏睡。

但無論從哪個角度來看，她的長相、聲音、動作就是桐璃。在一年前相遇，然後一起坐船來到這座島上，直到剛才都還緊緊地擁入懷中、親吻她失去左眼的凹陷處，那個烏有深愛的桐璃。

……不過，還是有個地方不一樣。那就是這個少女擁有一對晶瑩閃亮的琥珀色眼睛。真要說的話，她的樣子就是兩天前還沒有被尚美攻擊的桐璃。

「妳到底是誰！」

烏有以顫抖的聲音質問她。她究竟使了什麼花招。鏡子？3D投影？人偶？喬裝打扮？……

但烏有眼前的這個少女絕對不是那種廉價的冒牌貨。

「你現在還在說什麼傻話呀。我是舞奈桐璃啊。烏有哥。」

少女臉不紅、氣不喘地稱自己為桐璃。她的態度實在太坦蕩了，反而是烏有有些不知所措。

「怎麼可能……桐璃現在應該還在房裡。」

「是啊。」少女伸出食指抵住下巴，再自然不過地點點頭。「那個女孩也是舞奈桐璃。可是，我也是舞奈桐璃喔。」

「這什麼意思？」

「沒什麼。」少女嘟嘴。就連語氣及神態都一模一樣，真令人火冒三丈。

「我的意思是，我也是桐璃。這麼顯而易見的事，看也知道吧。」

「這哪是顯而易見的事。」

烏有完全消化不了眼前的狀況。從她的外表無從判斷、從她的聲音也無從判斷……這個自稱桐璃的少女真的是桐璃嗎？她說自己是桐璃，而且還理直氣壯地……

烏有努力想冷靜下來，進入下一個思考階段——至少，這座島上還有另一個人。先不管這個少女到底是不是桐璃，最起碼這座島上還藏了一個烏有他們完全不知道的人。

「那……」就像是剛搬到新家的貓，烏有提高警覺地問她：

「有個人從四樓的窗戶看著圓形舞台上的我，那是你嗎？」

「嗯。」少女承認。「我想知道你在做什麼。就看了一下。」

被烏有誤認為窗戶的，大概就是那扇和音房間的門吧。錯看成窗簾還是室內牆的其實是走廊的白牆……這個少女其實是在走廊上打開了「和音」的門，觀察烏有。

「地震發生後，大家都待在客廳裡的時候，也是妳把電源總開關關掉的。」

「那只是個小小的惡作劇喔。犯不著這麼生氣吧。」

桐璃高聲抗議，嘟起嘴巴，就此沉默不語。這種反應已經無法對現在的烏有構成任何衝擊了。

他一面以視線追著桐璃、一面集中精神蒐集各式各樣自己錯失或沒有讓他知道的訊息碎片……難不成將烏有、將那些人逼入現在的狀況，引導所有人走進死胡同的其實就是這個少女嗎。看到這個長得與桐璃一模一樣的少女，諸如此類的疑慮不斷湧上心頭，無止盡地膨脹。

「……所以，破壞接收器、挖開墓碑、放上烏頭花全都是妳幹的好事？」

「我不知道你在說什麼耶。」

桐璃把臉轉向一邊，鬧彆扭似地裝傻。肯定是這個桐璃搞的鬼。如果她跟真正的桐璃一模一樣，這個反應等於是默認了。竟然是因為這個自稱桐璃的傢伙與桐璃一模一樣的部分，讓他相信自己猜得沒錯，烏有覺得這簡直是太諷刺了……總而言之，這一切都是這個桐璃在背後運籌帷幄、穿針引線。年僅十七歲，清純可人的舉止背後竟然暗藏如此深的心機，烏有頓時感到不寒而慄。

他突然想起尚美曾說過，她撞見桐璃進去結城房間的情景。當時還以為是尚美在胡說八道、惡意栽贓——因為殺掉結城（雖說是正當防衛）的其實是烏有，而且還是在桐璃的房門口動的手——說不定還是這個桐璃故意要讓她撞見的。為了讓尚美去攻擊真正的桐璃……

「對了，我要還烏有哥借我的外套。」

看起來她絲毫沒把烏有嚴厲的視線放在心上，也不在乎烏有被她的狡猾氣得七竅生煙的模樣。桐璃雲淡風輕地說著，拿起掛在欄杆上的亞麻外套，遞給烏有。

「這是……」這是烏有前天在這裡幫貌似有點感冒的桐璃披上的外套。也就是說，那個時候的桐璃是眼前這個桐璃？

「啊，還有，這個也還你……」

在烏有呆滯地接過外套的同時，桐璃又在他的掌心放上一個小東西。叮鈴……響起了清脆的音色。是那個被烏有扔向向日葵花海的小鈴鐺。

「這是人家特地送給你的禮物耶，你怎麼可以丟掉。烏有哥，你害我費了好大一番工夫才找回來。」

定睛一看，紅繩上頭還沾了一些土。難道她真的跑去那一大片向日葵花海裡面把東西給撿回來？如果是這樣的話，送鈴鐺給烏有的人也是這個桐璃，而不是那個桐璃嗎……他記得這身衣服。白色的洋裝搭配銀手環。他跟這身打扮的桐璃應該講過不只兩次話，次數應該還更多才對……印象中，桐璃在發表關於神父的推理時也穿著白衣裳。還有，還有……他開始感到不安了。

對桐璃的記憶開始分裂。到底哪個桐璃才是桐璃啊。

「全都是妳做的嗎？」

「我什麼也沒做喔。」

……或許桐璃真的什麼都沒做。畢竟殺死武藤、殺死結城、殺死尚美的人是烏有，而傷害桐璃的人是尚美。射殺村澤的人是神父，最後神父又親手了結自己的生命。然而……

就在這個時候，耳邊傳來「喵」的叫聲。小巧的黑貓靠近桐璃腳邊，惹人憐愛地用背部摩擦桐璃的腳。

「這隻貓是？」

烏有再次受到巨大的衝擊。

貓、貓、貓、貓……如果要說他疏忽了哪一點，大概就是這隻貓了吧？烏有努力回想……剛到和音館時，玄關前確實有貓的腳印。然後是殺了武藤的隔天中午，廚房裡有個牛奶盒……不，這不是重點。應該有什麼更合理的根據……然後，烏有終於想起來了。想起那個至今一直被他遺忘的線索。那隻出現在畫面一隅的黑貓……對了，黑貓。我為了追一隻黑貓，注意力都集中在牠身上，衝出馬路……在十年前的那一刻、那個地方……烏有不禁愕然。為何事到如今……

「對了。」桐璃臉上浮現天使般的笑容，打斷了烏有的思考。

「這裡好冷喔。感覺好不容易好轉的感冒又要復發了。這個還是再借我一下吧。」

烏有緊緊地抓住外套，不願意再拿給她。

「我喜歡的只有桐璃。」

像是要喚回在混亂中被忘卻的這句話，烏有緩緩地、明確地、用力地重複這句話。

「太好了，我就知道是這樣。」

桐璃興高采烈地大聲歡呼，簡直就像是自己的事一樣高興，不……

「我是指不是妳的另一個桐璃。」

「為什麼呢？」

她似乎感到很不可思議，一臉費解地微側著頭。烏有發誓絕對不會再被她天真無邪的模樣給欺騙了。

「我就是桐璃呀。」

「不，妳是冒牌貨。真正的桐璃現在應該還躺在床上休息才對。」

「是這樣嗎？但就算是好了，你怎麼知道那邊那個叫桐璃的女孩才是真的？」

純真又直接的問題。這個問題實在太單純了，烏有反而答不上來。

「妳是說那個桐璃是假的嗎？」

「我可沒這麼說。因為我們兩個都是桐璃。兩個都是真的，這才是正確答案。」

這個桐璃是在尋我開心嗎？烏有難掩內心的焦躁。他暗自發誓一定要保持鎮定，絕對不會讓自己被她的欺瞞給糊弄過去。

「我們明明每天都一起在桂川的沙洲那邊聊各式各樣的事情呢。」

「妳怎麼會知道……」

烏有大驚失色地看著桐璃。

「你在說什麼呀。因為我一直跟你在一起，這不是理所當然的嗎。」

桐璃哈哈大笑。令人生氣的是就連那肆無忌憚的笑聲也一模一樣。

「不，那不是妳。我現在說的是桐璃。」

「所以說，跟你聊天的就是我啊。」

桐璃懇切地反覆說明，彷彿烏有患有老年癡呆症似的。雙方各持一詞。烏有深知再這樣爭辯下去也辯不出個所以然來。這個桐璃恐怕也很清楚……她大概非常樂在其中吧。

這時，烏有突然想起大前天晚上與桐璃的對話。彼時彼刻的桐璃表現出莫名堅持的態度。

「如果有兩個一模一樣的『我』……」

那天晚上，桐璃以若有所求，又像是在惡作劇的眼神詢問烏有——那句話原來不是指雙重人格，而是假設有兩個擁有相同的人格、相同的外表、相同的自我認同，全部都一模一樣的「桐璃」嗎？

當時烏有是怎麼回答的？他應該沒有認真思考這個問題。不以為意地認為唯獨桐璃不可能變成雙重人格……所以他應該是回答用擲骰子或丟硬幣來決定。當時極為輕率就做出結論的選擇，如今已變成等著烏有自投羅網的陷阱、變成抵住烏有喉頭的利刃也說不定。烏有發現當時桐璃穿的衣服跟現在一樣，都是純白的洋裝。「可是……」烏有對眼前的桐璃感到抗拒。這個桐璃並不是大前天的假設中無法分辨，有如電子與離子的桐璃。如果是前天就算了，今天已經出現了明確的歧異。左眼的光輝就是顯著的差別……然而無比荒謬的地方在於，相較於本來的「桐璃」，不在這裡的那個桐璃已經變得異常了。

「現在躺在床上睡覺的桐璃知道妳的存在嗎？」

「不知道吧。」

這句話大概是真的。而且這個桐璃為了以「桐璃」的身分接近烏有，應該也不能讓那個桐璃知道。問題是，眼前這個桐璃為何會存在？——兩個個體不可能占據同一個空間——印象中夏目漱石好像曾寫過這麼一段話。下一句是什麼？烏有想不起來了。

自我認同——Identity。這個詞彙平常總是不當一回事地掛在嘴邊，此時此刻卻有著無比的重量。無論那個青年對烏有造成多大的影響，烏有仍舊是烏有。社會上不存在另一個烏有。烏有不清楚別人怎麼介定自我認同，考試也不會考這種大哉問。現在只能簡單、粗暴地認定那個受傷的桐璃才是真正的桐璃、才是烏有的心靈支柱、才是烏有必須保護的「桐璃」。

都怪烏有的無能、力有未逮害她受到傷害、害她被挖掉左眼，而如今卻只能用那隻失去的左眼來識別「桐璃」。烏有深切地感受到這真是諷刺到了極點。

「喵」那隻貓又叫了一聲。彷彿要與貓的叫聲呼應，強風劃破長空，海浪奮力地撞上岩石，碎成片片浪花，劇烈旋轉，彷彿要把一切都吸進漩渦裡面。天空、大海和烏有的思考全都纏成一團亂麻，瘋狂失序。除了一個超然物外、天衣無縫、旁若無人、唯我獨尊的桐璃以外……

「欸，烏有哥，一起離開這座島嘛。船就快要來接我們了。」

「我要和桐璃一起走。」

烏有瞪了桐璃一眼。

「所以我也說啦，就是『我』啊。我就是『桐璃』啊。」

如今更像「桐璃」的桐璃正毫無愧色地宣稱自己就是「桐璃」。

「妳才不是『桐璃』。」

這句話說得毫無氣勢——這個桐璃難道是由我的思念、願望，欲求「展開」後才出現的桐璃？——有那麼一瞬間，內心湧現了這個疑問，但絕對沒有這回事。烏有想如此相信。

「為什麼？」

桐璃不依不饒地再次追問。如果得不到回答，桐璃大概會一直問下去。哪怕是一百次、兩百次……而烏有並沒有能毅然反駁的答案。

「烏有哥會帶我一起走吧。為了展開你的新生活。」

「我今後需要的是『桐璃』。並不是妳。」

「烏有哥需要的是桐璃喔。跟以前一樣的桐璃。」

「閉嘴！」

烏有怒火攻心。接著他放下揚起的右手，朝她逼近。不知該往何處去的憤怒、不知該如何是好的氣急敗壞……烏有洶湧爆發的情緒全都朝著桐璃而去。說是殺意也不為過的衝動湧上心頭。

「……」

桐璃像是反射性閃避似地低下頭。飄逸的棕色長髮隨風飛揚，撫上烏有的臉。

「為什麼。我明明就是『桐璃』。你為什麼不相信我？」

桐璃如泣如訴，看著烏有。簡直跟先前他擁入懷中的桐璃毫無差別。雙眼浮現出薄薄的淚光。逐漸在眸子暈開成汪洋大海。

這次改成眼淚攻勢嗎……烏有認為自己輕蔑她，卻發現原本堅定不移的確信開始動搖了——我到底在迷惘什麼？我到底在猶豫什麼？烏有心急如焚。幾乎就快無法承受這種緊迫盯人的感覺。

「明明我才是烏有哥需要的『桐璃』……」

「妳、妳給我閉嘴。」

——別再傷害我了。別再讓我苦惱了。他好想放聲大喊。

這時，地面失去穩定，開始天搖地動。這是今天第二次地震了。而且規模比剛才大得多。就連自己都在晃動，再怎麼不情願也能清楚地感受到上半身晃得跟節拍器似的。

房子也開始搖晃。原本已經夠扭曲的房子，如今傾斜得更厲害了。

「桐璃她……」

烏有準備衝下圓形舞台。

「危險。快回來。」

「囉嗦！桐璃還在屋裡。」

「我在這裡啊……」

烏有沒空陪她瞎扯，往雪地踏出一步。

就在這個時候。烏有察覺到不對勁的地方……

從圓形舞台延伸到客廳的雪地出現一直線的裂痕。事情就發生在一瞬間。只見那條較黯淡的裂縫愈來愈大。

地面裂開了？烏有心中一驚，仔細觀察後，才發現似乎不是這麼回事。是雪地上出現了一條溝，露出底下的白砂。只有覆蓋在白砂上的雪往左右兩邊移動。

「這是……」

變動歪斜的雪行雲流水地往旁邊滑開，出現了大約五十公分的寬度，然後隨著地震停歇也跟著停止滑動。留下一條從圓形舞台通往客廳、五十公尺左右的白砂小徑。

——這究竟是怎麼一回事？

但現在已經沒時間思考這個問題了。一時恍神的烏有猛然回神，開始在積雪消失的砂地上狂奔。

抵達客廳時，餘震又來了。烏有差點整個人向後仰倒，趕緊抓住斷掉的落地窗框。玻璃碎片刺破了手指，滲出鮮血。

「烏有哥，等一下。你等一下啦。」

回頭一看，桐璃追了上來。她踩著左搖右晃的腳步，好不容易快要走到客廳了，結果功虧一簣地跌坐在地上。這時，烏有看到了難以置信的畫面。

雪地又恢復原狀了……剛才左右分開形成的雪中小徑就像是影片膠捲倒帶似地平移回白砂的上方，慢慢恢復原本的樣子。

烏有茫然地凝視眼前的現象，回想起高中時學過的地球科學。

——假設這座島的地殼構造比較特殊，導致地震的震波傳播頻率不一致，因而對連結圓形舞台與客廳的這條局部線狀範圍傳遞出更強烈的衝擊波，會不會就可能讓與軸對稱反方向的白砂產生旋轉的現象呢？可能是夏天炎熱的地面與冬天冰冷的雪形成將一顆顆白砂捲起的空氣對流，使其更容易旋轉，並且讓旋轉速度維持在同一個方向。假設因此引起迷你的板塊運動，讓地面上的積雪分斷、移動，接著再假設第二波餘震引發與剛才相反方向的作用，會不會就能倒轉旋轉方向，以相同的模式讓雪的板塊回到原位呢？也就是說，白砂發揮了緩衝作用，只讓覆蓋在上面的積雪產生小規模的地殼變動。

一連串的假設、假設、再假設。但如果要說明眼前發生的現象、如果要說服自己，就只能想到這個可能性了。然而……

——這就是神父口中的「奇蹟」嗎？

沒多久，白砂小徑再度隱沒在白雪之下，消失得無影無蹤。只剩下與地震發生前並無不同、覆蓋整片中庭的積雪。只有接合處有微微的隆起。不過大概再過一會兒，隆起的部分就會因為夏日的氣溫而融化，歸於平坦吧。烏有想起了諏訪湖的御神渡⑱。不，比起御神渡，更像是摩西分開紅海。傳說中，摩西帶領以色列人民逃離埃及時，引發了「神」蹟，將海洋分成兩半……

烏有確信，神父是經由這條小徑從圓形舞台走回來的。

或許神父起初只是單純以斬首為目的。但就在雪地分開、他跟現在的烏有一樣經過露出白砂的路回到客廳的時候，還有親眼目睹那條「神」之小徑憑空消失的時候，就讓他認定這一切都是奇蹟，都是主在冥冥之中安排了這一切……就連無神論的烏有都幾乎要相信這是奇蹟了，所以不

⑱日本長野縣的諏訪湖在冬天時出現的特殊自然現象。當湖面全部結冰，其中一部分會因為熱脹冷縮形成宛如山脈的隆起，世人相傳那是神明通過的痕跡，因此得名。

用想也知道神父肯定會在這個巧合中感受到某種「意志」。

「這就是神父說的奇蹟嗎？」

追上來的桐璃感動地呢喃著。烏有以充滿驚訝與猜疑的眼神凝視桐璃的臉，從她臉上看不出顯著的動搖。這個桐璃從一開始就知道這件事嗎？

「不，這才不是奇蹟。」

烏有強硬地反駁。

「這是奇蹟啊。」

桐璃不甘示弱地回望烏有。眼淚已經乾了，從她的臉上消失。

「才沒有什麼奇蹟！絕對沒有……」

「可是……」

「神父所說的一切只不過是他的妄想罷了。就跟夏天下雪一樣，只是一種自然現象。」

烏有這麼喊道。彷彿是為了說服自己，而不是要告訴桐璃。

「但……」

「現在不是爭辯這個的時候。」

烏有六神歸位，連忙拍掉掌心的玻璃碎片，就往大廳走去。

「桐璃……」

「神」真的存在嗎？烏有承受這個問題的折磨，衝上滿是裂痕、已經開始坍塌的樓梯。雖然斷定這不是「奇蹟」，但是TPO（時間、地點、目的）真的可以順應天時、地利、人和到這種地步嗎？

「啊！」

身後的桐璃好像又跌倒了。說不定是從崩塌的樓梯摔下去了。烏有頓時停下腳步回頭看。但隨即也告誡自己，鞭打自己險些就要流於感情用事的心，然後狠下心來面向前方，繼續往上爬。他告訴自己——我追尋的「桐璃」是三樓房間裡的桐璃。至於那個傢伙就算掉下去摔死了，也與我無關。

「烏有～哥。」

門後面傳來桐璃的聲音。但因為門框已經歪斜，怎麼推也推不開。烏有用身體去頂了好幾次，好不容易才把門給撞開。

「桐璃！」

桐璃裹著棉被，驚魂未定地坐在床上。體力似乎尚未恢復到可以自己站起來的程度。

「烏有～哥。」

純真的右眼望向烏有，像是在訴說著什麼。剎那間，烏有如遭雷擊，彷彿有一道閃電在體內亂竄，給他帶來五雷轟頂的震撼。

桐璃為什麼沒有左眼？——內心產生了這個疑問。

惡性腫瘤開始慢慢侵蝕烏有的大腦。她不是要用原本應該擁有的雙眼看著截然不同的世界、截然不同的自己嗎？為什麼？

烏有心驚膽戰地踩著地毯，緩緩走向床邊。

——為什麼沒有左眼？

又一次劇烈的搖晃襲擊了室內。烏有不由得雙膝跪在地毯上，接著仰望著床上的桐璃。

——不，這是桐璃。這個才是「桐璃」。

「沒事的。」

烏有站起身來，抱起桐璃的身體，走出了房間。要思考、要煩惱都等一下再說。總而言之先離開這裡吧。只要能離開這裡，今後總會有辦法的。怎麼樣都好過待在這棟宛如和音在慟哭中走向崩壞的屋子裡……

房內水晶吊燈的鎖鍊斷裂，砸在村澤臉上，發出驚心動魄的巨響，以及慘絕人寰的悶響。烏有頭也不回地在走廊上橫衝直撞，衝下樓梯。

這個時候，兩人的體重讓樓梯崩塌了。

*

然後，一切到此結束——

閉幕。

「接我們的船來了。」

耳邊傳來螺旋槳劃破水面而來的聲音，烏有以沉鬱的表情喃喃自語。

屋子半倒，立體主義的皇宮只在夕陽餘暉之中留下殘骸。滿地的玻璃碎片、破碎的磚瓦、屋頂的斷片反射著分不清是盛夏還是嚴冬的陽光，熠熠生輝、令人睜不開眼。比此時此刻仍恣意盛放的向日葵花海還更加耀眼……炫目到這種程度，甚至讓人感受到前所未有的空虛。

裸露的鋼筋。爬滿無數裂痕的白牆。漫天飛舞的煙塵。已經看不出外形，也不再具有任何意義的立體主義造型。這座島果然是沙漠……二十年前，無論出於什麼形式，這個曾經有「神」居住的神聖場所，現在被應該也是由那個「神」創造出來的大自然之力給破壞殆盡，變成廢墟。只剩下前人往昔美夢的痕跡，以及「神」粗暴的足跡。無論是巴別塔，還是所多瑪和蛾摩拉皆毀滅於「神」之手。更何況這座和音館不過是由「人」所建造、再供上神壇的產物，而不是由「神」所創造的。就算這場地震如神父所說，是「神」的奇蹟也一樣……

至於由「人」所撰寫的《啟示錄》也被埋進這片瓦礫的底下。這代表什麼呢？事到如今已無從知曉，也無所謂了。因為一切皆已瓦解。

烏有與桐璃大難不死地爬出瓦礫堆，強忍不想面對粉飾與捏造的嘔吐感，完成最後的工作。然後他緊緊握住桐璃的手，筋疲力盡地倒在棧橋上，呆滯地等著船來接他們。直到離開這座島，回到本土，回到舞鶴港，他都絕對不想放開這隻手。僅此而已。

烏有他們與其說是踏上歸途，說是被人從島上救出來的還比較貼切。駛向本土的遊艇裡，兩人都遍體鱗傷，躺在布面長椅上。烏有只想趕快上岸，忘了這一切，睡到地老天荒。這是他現在唯一的希望。仔細想想，他這三天幾乎都沒好好睡覺。

駕駛員用無線電報了警，再過不久，警方就會上島吧。聽完烏有的說明，駕駛員進入半倒的大宅確認，不一會兒就鐵青著一張臉回來。這也難怪，畢竟在七天前送到這座島的乘客，現在除了烏有他們以外，全都變成屍體了。似乎是看到了小柳自殺的屍體，才不得不相信烏有情急之下的說明。「真是難為你們了。」對他們寄予同情的同時，也送上摻了甜甜砂糖的熱咖啡。

桐璃始終不發一語，似乎是有些在意身上的繃帶，同時啜飲自己並不喜歡的咖啡。目光悠遠地凝視逐漸退到大海彼方的那座不祥島嶼。

——傷口總有一天會癒合吧。即使是被硬生生割開的血淋淋傷口。烏有有此預感。畢竟過去都是這樣活過來的，今後也會像這樣走下去。周而復始地持續……

更重要的是，烏有有了明確的目標。那就是繼續保護桐璃，長此以往，道阻且長的目標。

從甲板上可以看到島的正面。想起在那裡度過說長不長、說短不短，不知該怎麼形容的數日，明明應該只剩下苦澀的記憶，卻又湧出愛憐的情緒，真不可思議……和音島逐漸遠去了。受到名為「真宮和音」的虛幻之「神」所支配，執著、虛妄的島嶼。伴隨著螺旋槳的聲音，被夕陽染紅的島嶼也愈變愈小。肉眼已經看不到鮮黃的向日葵花海和土崩瓦解的皇宮了……當這抹殘影隱沒在水平線的盡頭，烏有他們才能從詛咒中解脫吧。才能安穩地睡上一覺吧。

就算還有未解之謎，也已經不重要了。不管那部電影在暗示什麼，或是根本沒有暗示什麼，答案是哪一邊都無妨。無論兩個桐璃還是《啟示錄》與自己有沒有關係，也都無所謂了。發生在那座島上的一切已經結束。烏有再也不願回顧那段痛心疾首的記憶。他不想再讓自己更加疲憊——如今……只要桐璃留在自己的身邊就好……過去的就讓它過去吧。至少他們活下來了。劫後餘生，未來應該會有無限的可能性才對……

然而，一想到今天、明天等著向自己問案的警察，心情就被拖回現實，益發沉重。真的能巧妙地糊弄過去嗎。另一個桐璃被壓死在倒塌的建築物底下，遺體已經埋葬在深山裡，大概不會被發現……儘管心裡覺得應該不要緊，一抹不安仍掠過腦海，視線不禁又落在被血染紅的雙手。

「別擔心。」

雖然桐璃溫柔地安慰他，但依舊無法拂去內心的不安。要是再看到那群人的屍體、要是再看到那座陰森森的廢墟，難保他不會一五一十地說出一切。他想變成一個堅強的人，卻也沒有信心能撐過去。

這個時候。

海面掀起微微的波浪，船體開始靜靜地搖晃，隨後演變成大浪。緊接著，島上傳來轟隆隆的巨響。連忙抬起頭來一探究竟，只見整座島都籠罩在霧氣裡，開始劇烈搖晃。一整群的大水薙鳥同時飛向大海。下一瞬間，殷紅的火柱跟著山頂冒出的白煙及火山碎屑流一起噴發。好紅、好紅、好紅……比夕陽餘暉還紅還燦爛的火柱，與大海、與天空、與那座島嶼連成一線。火柱破空而出，在雲層間四散紛飛，以遠比大銀幕更磅礴的氣勢墜落在烏有他們面前。海面為之沸騰，氤氳的水花與蒸騰的熱氣掩蓋了視線。暗褐色的黑暗籠罩整片天空，宛如煉獄的紅蓮、宛如想燃盡一切的末日之火，是不是要燒去烏有他們的罪孽，甚至是烏有他們本人呢。

——這是最後的奇蹟嗎？

地獄業火的「赤紅」深深地烙印在烏有的視網膜上。跟沾染到自己雙手的鮮血一樣鮮明的「赤紅」，大概一輩子都無法忘記吧。他已經有所覺悟了。

半晌後，劇烈的地鳴伴隨著海鳴，整座島就在天搖地動中逐漸沉入大海。因為距離過遠所以看不清楚。但和音島尚未消失在水平線的盡頭，就先被大海吞噬了。

「這是……」

駕駛員會怎麼看待這一切？會認為那只是休眠火山的再次爆發，還是「神」的作為呢。

「桑原、桑原⑲。」

從駕駛員用那張鬍子沒刮乾淨的嘴念念有詞、虔誠祈禱的淳樸模樣無法判斷他在想什麼。

「那座島……」

「這樣也好。」

烏有攬著桐璃的肩膀。非常、非常地用力……這麼一來，全部都結束了。烏有想這麼告訴自己、想展開新的人生、想迎向 Turning Point……

只過了幾分鐘，整座島就被大海吞沒，消失得無影無蹤，只剩下裊裊白煙。連同他們的屍體、念想……地上的「神」＝和音嫁給了海洋之「神」＝波賽頓。為了今後不要再見到那些不淨之人……連同烏有的這般念想。

「烏有。」

桐璃目不轉睛地凝望，久久捨不得移開視線。她心中大概也有百轉千折的念想，可惜烏有只能汲取到其中的一部分……他像是在回應似地看著桐璃，用被血玷污、屬於殺人兇手的手攏起她細細長長的輕柔髮絲，柔聲低語：

「明天要開學了吧。」

「……嗯，沒錯。」桐璃莞爾一笑。「偶爾也得去上學才行呢。」

他選擇的桐璃，用纏著繃帶的手拿起甜甜的咖啡，一飲而盡。兩隻美麗的琥珀色眼睛閃耀著動人的色彩，認真地允諾。

⑲日本民俗中相傳能閃避落雷的咒語。其由來有諸多說法。後來也衍伸出祈求災禍不要降臨到自己身上的意涵。

尾聲［補遺］

吹拂著八月悶熱海風的舞鶴港，擠滿了警察與媒體相關人士。大富豪的私人島嶼發生了連續殺人事件、成為命案舞台的和音島沉沒的消息皆已見報，導致港口陷入了半瘋狂的狀態。緊接在夏天降雪之後，加上這樁駭人聽聞的命案又與宗教有關，經過媒體的報導，大概會再一次把世紀末理論吵得沸沸揚揚吧。

因為烏有他們實在太累了，所以延到隔天才做筆錄。當天先送進市內的急診醫院住院，與媒體隔離。

第二天一早，三個刑警來向烏有問案。全都是上了年紀、看起來不好對付的男人，但是除了牽扯到自己的核心問題以外，烏有全都知無不言、言無不盡。再加上遊艇駕駛員的證詞，烏有的證詞就輕易地被採信了。

雖然來不及趕上開學日，桐璃第二天還是先跟父親返回京都。

烏有則因為感冒惡化，躺在病床上打了幾天的點滴，但除了第一天以外，刑警就沒再出現過。第三天的報紙以〈大雪的兇行〉為頭條報導此事，斷定本案是派翠克神父＝小柳寬的犯罪行為。

那天，烏有第一次能放心安睡。他終於完全擺脫這起事件了。

以烏有的立場……

烏有睡了一覺後醒來，枕邊站著一個打扮奇特的男人。起初還以為是在作夢。男人的胸前插著一朵紅玫瑰，一手拿著絲質禮帽，明明是夏天卻穿著晚宴服，打扮得十分紳士。他自稱是「麥卡托鮎」。年約三十歲上下。膚色白皙、輪廓有點斯拉夫血統的感覺，不過從長相無法判斷出正確的年齡。他好像不是刑警，但也不像是新聞記者。

「你是如月同學吧。」

男人轉動著絲質禮帽，以高高在上的口吻問他。

「我是……有什麼事嗎？」

烏有以尚未恢復正常的音調反問。反射性地對莫名其妙的闖入者提高警覺。

「沒什麼，只是有點事想問你。因為聽聞這起事件以後，我覺得很不可思議。」

面帶微笑的麥卡托這麼說道。

「想問我什麼？」

「我都知道喔。」

麥卡托看著烏有，眼神與屋頂上的派翠克神父沒兩樣。那雙眼睛令烏有相當畏懼。

「知道什麼？」

烏有想虛張聲勢，以粗嗄的嗓音粗聲粗氣地反問，結果麥卡托舉起一隻手制止了他。

「好好好，別這麼激動……我不會給你添麻煩的。只是有點事想問你而已。」

麥卡托複誦著跟剛才一模一樣的台詞。

「……所以你究竟想問什麼？」

「很簡單的問題。聽說你在雜誌社上班對吧。然後在進行採訪的時候不幸碰上了這次的事件。」

「是這樣沒錯……」

他到底想問什麼啊。烏有毫無頭緒。

「請問貴社的總編輯叫什麼名字？」

「名字？」

他問了一個好奇怪的問題。烏有保持高度警戒，但還是老實回答。

「不是的，如月同學。我不是問貴社的總編姓什麼，而是底下的名字。[20]」

「名字嗎？我記得她的名字叫和……」

烏有心裡一凜，噤口不言。這才意識到至今未曾發現、最為重要的碎片。

「原來……原來是這麼回事啊。打從一開始……」

麥卡托一臉不出所料地深深點頭。彷彿對一切都瞭若指掌。

「……可是，你怎麼會……你到底是誰？」

「我誰也不是。這次我只是個區區**銘**偵探。但我們遲早有一天會再相遇吧。一定會的……我很期待那一刻的到來。」

自稱麥卡托的男人臉上浮現神祕的笑容，以自信滿滿的口吻這麼說道。他向烏有行了一禮，戴上絲質禮帽，最後丟下一句「Adios[21]」，便頭也不回地走出病房。鋪了油氈地板的走廊上響起「卡噠卡噠」的腳步聲，隨即回歸寂靜。

烏有只是靜靜地目送他那離去的背影。

⑳日本人在提及姓名時，很多情況下都只會在一開始的階段提到姓氏，之後才補上名字。
㉑西班牙語的再見之意。

〈我就是知道，但我偏偏不講——麥卡托（麻耶）如是說〉

冒業

本文涉及關鍵劇情，建議於讀完全書後再行閱讀。

故事的尾聲，如月烏有從銘偵探麥卡托鮎最後的提問得到解答，明白了一切。

可是讀者無法分享到烏有滿足感的分毫，只覺得一頭霧水。而比起真相，令一般推理讀者更為困惑的，恐怕是為何日本推理評論家會給予《夏與冬的奏鳴曲》如此高的評價。明明是刻意留下大量未解部分的「斷尾作」，而且連作者麻耶雄嵩事前有沒有預備好完整的真相都值得懷疑。麻耶在一九九五年發表烏有和舞奈桐璃均有登場的續作《痾》，也只是前作旁枝末節的延伸，並未對留白部分有任何補充（而且烏有甚至還失憶了，不記得前作發生的事）。

如此犯規的小說和其他違反本格推理規範的作品差別何在？它，憑什麼？

要回答這個問題，便要先反思本格推理小說基本形式「謎團⇩符合邏輯的公平解答」的「符合邏輯」、「公平」和「解答」是指什麼。以本作為例：

1. 一宗密室殺人事件是由特殊的氣象和地質現象所造成，這能算是令人滿意的公平解答嗎？

2.在故事之中，有一名角色其實是雙胞胎，然而事前的線索幾乎只有兩姊妹對主角的稱呼長短有別（「烏有～哥」、「烏有哥」），這算公平嗎？

3.解答可以留白嗎？留白的地方要有多少才會變成跟「沒有解答」無異？

4.偵探可以只聲稱自己知道真相，卻不發表推理嗎？偵探要披露多少辦案和推論細節，其解答才足以稱之為「符合邏輯的公平解答」？

5.在以「親近的第三人稱」敘述的故事中，原來「敘事者」就是凶手，但行文僅僅只是故意不呈現行凶過程，並沒有其他誤導，這仍算公平嗎？

以上種種問題正是《夏與冬的奏鳴曲》提出的質疑。它絕非不熟悉本格推理形式的犯規作，而是將形式推演到極致之後造成的「脫逸作」，有如失去光芒的恆星被自身引力吞噬的「內部坍塌」。

要探討此作特色便不得不提麻耶早兩年發表的出道作《有翼之闇：麥卡托鮎最後的事件》，兩者屬於姊妹作①，分別致敬艾勒里・昆恩（Ellery Queen）的兩個系列作。《有翼之闇》有大量「國名系列」元素，而《夏與冬的奏鳴曲》則參考昆恩以「巴納比・羅斯」（Barnaby Ross）名義發表的「哲瑞・雷恩四大悲劇系列」，將四季的春夏秋冬分別對應《X的悲劇》、《Y的悲劇》、《Z的悲劇》和《哲瑞・雷恩的最後探案》。從書名可見它主要參考《Y的悲劇》（夏）和《哲瑞・雷恩的最後探案》（冬），而不僅是指「炎夏降雪」的氣象奇蹟。《Y的悲劇》裡面出現一部內容與命案幾乎一樣的「作中作」推理小說《香草謀殺秘案》，就像《夏與冬的奏鳴曲》裡面登場的電影《春與秋的奏鳴曲》主角Null也跟烏有的經歷一模一樣；《哲瑞・雷恩的最後探案》的命案圍繞著莎士比亞與友人的神祕書信，也如同《夏與冬的奏鳴曲》中那部從頭到尾都未見天日的小說《啟示錄》。

除了呼應昆恩作品，它們亦有兩個共通的元素。首先是「奇蹟」。《有翼之闇》

①實際故事時序為：《夏與冬的奏鳴曲》、《痾》、《有翼之闇》。麥卡托鮎在《有翼之闇》的今鏡家殺人事件中喪生，不過他曾在《痾》要求如月烏有繼承他「銘偵探」的稱號，因此麻耶後來作品中登場的麥卡托鮎有一部分說不定其實是烏有。此外，烏有因為名字發音相近，所以曾在《夏與冬的奏鳴曲》中被誤認是另一位名偵探木更津悠也。那麼，其他的名偵探木更津的故事主角會不會也是烏有呢？這就交給各位讀者判斷了。也許對麻耶來說，「麥卡托鮎」或「木更津悠也」就跟「真宮和音」一樣，誰來扮演不重要，只要讀者和故事角色都承認便能順利「展開」。

的命案曾出現四個解答，其中一個主張密室是由「幾十億分之一」的機會所發生的奇蹟事件造成。可是《夏與冬的奏鳴曲》卻不同，除了在夏天降雪這個特殊氣候現象，更參考《聖經》的「摩西分紅海」，解釋屍體會出現在沒有留下腳印的雪地中央的舞台上，是因為和音島擁有特殊的地殼結構，板塊移動造成的震動和空氣對流兩股力量加起來導致「雪海」會在短暫分開之後重新恢復原狀，而派翠克神父正是沿著這條短暫的道路運送屍體。《有翼之闇》的奇蹟充其量是純理論層面的可能，但《夏與冬的奏鳴曲》卻有親眼目擊「摩西分紅海」的現象，說明它會重複發生。既然會重複，便符合科學理論需要具備的「可重現性」（replicability），那仍算奇蹟嗎？

再來是知道重要情報但有所隱瞞的「不可靠敘事者」。烏有實際上就是殺害武藤（水鏡）、結城和尚美三人的凶手，目的是為了保護跟和音長得很像的桐璃，以免她因眾人要將「和音」重新「展開」而遭受傷害。所以從烏有的視角看來，連續命案並無可疑之處，反倒是他殺害武藤後，是誰將屍體搬到舞台上、雪中密室如何形成，以及「和音」究竟是怎樣的存在等才是謎團所在。

因此儘管讀者從烏有視角經歷事件，對事件的關注點卻截然不同。不過烏有自然不會知道故事「外面」存在著一群讀者，他既沒必要隱藏行凶過程，也無法這樣做。這是因為小說作者麻耶刻意略過相關情節，繼而令「第三人稱敘事者」烏有和讀者之間產生「認知錯位」。亦因為存在「認知錯位」，麥卡托最後的提問只為烏有提供解答，而未有向讀者提供解答，將「讀者知道的比角色多，或至少②一樣多」的約定俗成徹底破壞掉。

「敘事者＝凶手」是自阿嘉莎・克莉絲蒂（Agatha Christie）開始便普及的經典套路。除了以上提到的「認知錯位」，這條等式在《夏與冬的奏鳴曲》還有一個特殊功能——借助「烏有＝凶手」使「烏有＝命案部分的真相代言人」的等式成立，令他是凶手的真相得到保證。麻耶自《有翼之闇》開始便屢屢流露出對「偵探＝真相代言人」的質疑，偵探並非案件當事人，只是從現場留下的線索推理出謎底。可是偵探借助的線索其實無法證明它們並非刻意設置的假線索，故此「偵探＝真相代言人」的前設沒有任何穩固基礎，這就是所謂的「後期昆恩問題」（後期クイーン的問題）。麻耶在《有翼之闇》二〇一二年新裝版的「作者解說」中便形容偵探為「暫時的神」，他們提出的解答永遠存在被推翻的可能。換句話說，只有烏有本人的視角才能保證他

②「讀者知道的比角色多」、「讀者知道的和角色一樣多」以及「讀者知道的比角色少」是三種不同的敘事策略，公平的本格推理小說大多採用前兩者。

就是凶手。

縱是如此，烏有卻無法獨自得知真相全貌。他自十年前開始便一直是受到操縱的對象，使得烏有作為「不可靠敘事者」增添了另一重意義。他因一隻黑貓引發車禍，導致一位本來前路一片光明的青年喪生，從此失去生存動力，到後來與桐璃相遇，並被雜誌總編派遣到和音島採訪。這一切都符合武藤一行人二十年前完成的電影《春與秋的奏鳴曲》的情節。故事其實由始至終都未有為這個疑團提出解答，可是從常理判斷，「有人刻意將電影的情節在現實重現」比「電影預言十年後的事件」更合理、更能呼應《Y的悲劇》的內容，也更符合烏有知悉真相時「打從一開始……」的呢喃。

假扮成水鏡的武藤實際定位不明，但其中一名桐璃以及雜誌總編（推測名字就是叫「和音」）顯然是計畫執行者，特別是這個桐璃要事先看過《春與秋的奏鳴曲》才有可能在與烏有邂逅時講出幾乎完全相同（在某些敘述、語氣、說話內容、段落呈現等細節都隱藏著細微的差異）的對白，她腳邊的黑貓或許還可能是當年車禍的元凶。至於總編二十年前可能也參與過武藤等人的「真宮和音」相關活動，這次他們則是重返和音島上演《啟示錄》。於是，烏有在麥卡托問他總編叫什麼名字時才恍然大悟。

烏有不具備超人的智慧，是個「不完全」的凶手，「敘事者＝烏有＝凶手」不足以確保真相所有內容，故此要借助麥卡托這個外力。

可是麥卡托怎麼知道總編的名字就是謎團的核心？

沒有原因，他就是知道。銘偵探是「銘印」真相的偵探。「後期昆恩問題」發生的前提為偵探是從相關的線索推理出真相，可是當銘偵探沒有發表任何推理，只因他「就是知道」真相的話，就不存在解答會無限後退的顧慮。也就是說，麥卡托並非不想發表推理，而是不能發表，否則真相就有被推翻的可能。麻耶後來在二〇〇五年和二〇一四發表的《神的遊戲》與《再見，神明》中，自稱「神」而且「就是知道」真相的鈴木太郎明顯有著銘偵探的影子，可見「神明系列」的概念正是源於十二年前的《夏與冬的奏鳴曲》。

只不過，「後期昆恩問題」的應對方案可能會造成另一副作用：作者的恣意性。當作者用「故事之神」的權力決定官方答案，它將導致真相變成是作者說了算，難以維持本格推理追求的公平遊戲。按道理，麻耶派遣麥卡托作為他的傳話人也會有這問題。可是《夏與冬的奏鳴曲》偏偏沒有出現「作者的恣意性」，因為故事根本沒有講出完整答案。即使知道總編是重要角色，也只能做出大致的推測而無法百分百確定當中的細節，甚至連她的名字是不是「和音」也難以有共識。

只要作者不說，便不存在「作者的恣意性」，更藉此誘使大量讀者熱情地提出各自的推理。麥卡托鮎（不提出推理）和麻耶雄嵩（不講出真相）的「雙重沉默」反倒成了支撐這部推理小說真相和公平性的兩大支柱。就這點上，《夏與冬的奏鳴曲》確實前無古人。除了這兩人以外，烏有也是第三位沉默者。故事結局，烏有捨棄了失去左眼的桐璃，與白衣桐璃離開了和音島，箇中原因同樣只能任君想像。

最後，我們回到此作另一個獨特設定「真宮和音」。或許有人覺得武藤一行人以立體主義理論進行的「造神」計畫十分荒唐無稽，完全背離社會常識。可是在《夏與冬的奏鳴曲》出版兩年後，日本便發生奧姆真理教根據《諾斯特拉達姆斯的大預言》（ノストラダムスの大予言）發動的東京地下鐵沙林毒氣襲擊事件。再者，不妨回想一下烏有在乘船前往和音島時心中的一番話：

「說不定在所謂的『日本』這個國家所建立的經濟、政治、社會，全都是這個東亞小島國自說自話的幻想，一切皆為虛構。」

「日本」這個大家都承認的「社會常識」，會不會也只是由列島上的一億人再加上其他外國人所「展開」的呢？

派翠克神父於七〇年代目擊學生運動透過「絕對性」的馬克思主義改革日本的挫敗，繼而嚮往「和音」此另類的「絕對性[3]」，此轉向已在九〇年代的奧姆真理教事件中得到應驗。村上春樹二〇〇八年的作品《1Q84》亦以虛構組織「先驅」表達出這種轉向，而麻耶甚至在沙林毒氣事件發生之前便已經提出相應的觀察。可見《夏與冬的奏鳴曲》絕非單純脫離社會性的本格封閉遊戲，它埋藏了對戰後日本的思考。

說不定「和音」正是現代日本的隱喻。「和音」最後死了，這個國家的命運又會如何呢？

---

③「絕對性的喪失」在八〇、九〇年代是一個熱門的話題。譬如評論家大塚英志和東浩紀借用法國理論家李歐塔的著作《後現代狀態：關於知識的報告》，將「絕對性的喪失」稱為「大敘事的凋零」（the decline of grand narratives）。有趣的是，不少評論家視「絕對性的喪失」（＝大敘事的凋零）和「後期昆恩問題」（＝本格推理基礎的坍塌）為同源現象，而兩者同時融入了《夏與冬的奏鳴曲》的故事當中。這也是此作會獲得高評價的原因之一。

冒業

九〇年代出生。推理、科幻評論人及作者。台灣推理作家協會國際成員。二〇二一年以〈千年後的安魂曲〉獲得第十九屆「台灣推理作家協會徵文獎」首獎。自二〇一九年開始與一眾香港推理作家推出合集系列《偵探冰室》。

自二〇一四年開設部落格「我思空間」發表作品評論。曾為劉慈欣小說合集《流浪地球：劉慈欣中短篇科幻小說選》撰寫代序，並為譚劍科幻小說《黑夜旋律》、子謙推理小說《阿帕忒遊戲》、京極夏彥推理小說《姑獲鳥之夏》、方丈貴惠推理小說《孤島的來訪者》、今村昌弘推理小說《凶人邸殺人事件》、大島清昭推理小說《影踏亭怪談》和梨恐怖小說《真可憐（笑）》撰寫解說文。目前與獨步文化合作連載專欄「今天獨步獨什麼」介紹日本推理小說評論最新狀況，藉此推廣推理小說評論普及化。

另著有〈九百年後的前奏曲〉（收錄於《故事的那時此刻》）以及結合東方奇幻與數碼龐克的桌上遊戲《無盡攻殿》小說版（與 Pure Studio 的 PureHay 合著）。二〇二三年出版第一本個人推理犯罪長篇小說《千禧黑夜》。

筆名是「不務正業」的異變體。

再見神明 —— 麻耶雄嵩

「兇手是 OOO。」
神明在我——桑町淳面前如是說。

亦正亦邪、遊戲人間
那位全知全能的小學生神明又回來了！

第 15 屆本格推理大賞首獎
推理鬼才麻耶雄嵩震撼推理界的矚目之作，

真相——翻轉，再翻轉！

★出乎意料的麻耶式超♥甜♥蜜結局，你準備好接受真相了嗎？
★比《神的遊戲》更縝密、更多伏筆，唯有麻神能超越麻神！
★看到最後一行，讓你直呼過癮！

忌物堂鬼談

「什麼是忌物……？」
「簡單來說，就是妳只要放在身邊就會被詛咒的東西。」
然而隨著時間流逝，比付喪神更難纏、更危險的東西，
正在悄然無聲地靠近——

讓人不寒而慄的驚悚境遇
頭七禁忌、鬼敲門、神秘電話、奪魂
找不出緣由的靈異現象，才是最詭異的存在
現蹤於陰陽兩界夾縫之間的恐怖之物
其真面目究竟是——

一段支離破碎的記憶 X 五段不尋常的日常
日本民俗學推理大師三津田信三
結合「懸疑」與「怪談」的恐怖連鎖之作

三津田信三的異色奇想世界

作者不詳：推理作家的讀本
（上卷）（下卷）

一次偶然的邂逅，時任編輯的三津田信三和友人飛鳥信一郎購入了一本即便是在圈內，也只有行家中的行家才會知曉的稀有同人刊物《迷宮草子》。然而在閱讀的過程中，超乎現實邏輯與常理想像的異常力量，也開始在兩人的周遭引發了無法解釋的怪異現象……

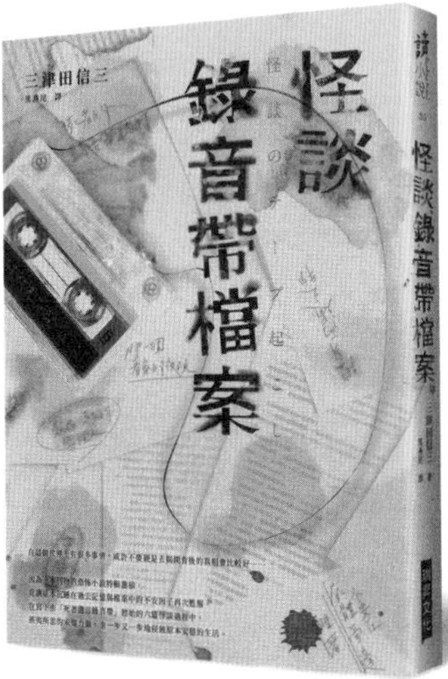

怪談錄音帶檔案

悄悄地滲透日常、現實與不可思議的界線趨近模糊的不安與詭異現象，才是最讓人們感到恐懼的存在。
因為一本刊物的恐怖小說特輯邀稿，竟讓原本沉睡在過去記憶與檔案中的不安因子再次甦醒。
在寫下由「死者遺言錄音帶」起始的六篇怪談過程中，匪夷所思的未知力量，也一步又一步地侵蝕原本安穩的生活……

TITLE

夏與冬的奏鳴曲（下卷）

STAFF

出版	瑞昇文化事業股份有限公司
作者	麻耶雄嵩
譯者	緋華璃
封面設計	朱哲宏
創辦人 / 董事長	駱東墻
CEO / 行銷	陳冠偉
總編輯	郭湘齡
責任編輯	徐承義
文字編輯	張聿雯
美術編輯	謝彥如
國際版權	駱念德　張聿雯
排版	謝彥如
製版	明宏彩色照相製版有限公司
印刷	桂林彩色印刷股份有限公司 紘億彩色印刷有限公司
法律顧問	立勤國際法律事務所　黃沛聲律師
戶名	瑞昇文化事業股份有限公司
劃撥帳號	19598343
地址	新北市中和區景平路464巷2弄1-4號
電話	(02)2945-3191
傳真	(02)2945-3190
網址	www.rising-books.com.tw
Mail	deepblue@rising-books.com.tw
初版日期	2024年2月
定價	880元（上下冊合售）

國家圖書館出版品預行編目資料

夏與冬的奏鳴曲 / 麻耶雄嵩作 ; 緋華璃譯.
-- 初版. -- 新北市 : 瑞昇文化事業股份有限公司, 2024.02
688面； 14.8x21公分
ISBN 978-986-401-699-0(全套 : 平裝)

861.57　　112021796

讀小說
Reading Novel